Alejandro Magariños Cervantes

Caramurú

Barcelona 2024
Linkgua-ediciones.com

Créditos

Título original: Caramurú.

© 2024, Red ediciones S.L.

e-mail: info@linkgua.com

Diseño cubierta: Michel Mallard.

ISBN rústica ilustrada: 978-84-9007-957-7.
ISBN tapa dura: 978-84-1126-303-0.
ISBN rustica: 978-84-933439-8-9.
ISBN ebook: 978-84-9816-913-3

Sumario

Brevísima presentación

Alejandro Magariños Cervantes (Montevideo, 1825-1897).
Uruguay.
Publicó en Madrid, en 1848 Caramurú, la primera novela
uruguaya de tono gauchesco.

> Lóbrega y pavorosa noche extiende sus alas sobre el mundo,
> como una inmensa lápida mortuoria. No se descubre una sola
> estrella al través de su ennegrecido velo: la Luna, yace oculta
> bajo un pabellón de nubes, y solo lanza a intervalos un rayo de
> luz tibio y desmayado, que brilla y se apaga al punto, cual fuego
> fatuo que se levanta del seno de las tumbas. Do quiera la luz es
> absorbida por la sombra, y se diría que a la voz del genio de las
> tinieblas los astros huyen y se esconden espantados de tanta
> densa oscuridad.

Esta es una novela épica ambientada en Uruguay, testimonio
de las guerras americanas del siglo XIX.

Caramurú significa en guaraní «cosa larga» y se aplica a
la anguila. El personaje principal de esta novela tiene este
apodo y es un hijo de indio y española, atrapado en sus con-
flictos de identidad y su afán épico de justicia. El relato es
muy ágil y consigue convertir una historia de amor románti-
co en una trama llena de peripecias políticas.

Advertencia

Aunque esta no sea una novela histórica ni tenga las pretensiones de tal, sus personajes no pueden considerarse absolutamente como hijos de la imaginación.

Nos daremos por muy felices, no obstante, si a favor de una fábula que interese agradablemente al lector y excite sus nobles sentimientos, conseguimos bosquejar algunos rasgos del país, de la época y de los personajes que figuran en este libro.

A. Magariños Cervantes,
Madrid, 1848

I. El rapto

Lóbrega y pavorosa noche extiende sus alas sobre el mundo, como una inmensa lápida mortuoria. No se descubre una sola estrella al través de su ennegrecido velo: la Luna, yace oculta bajo un pabellón de nubes, y solo lanza a intervalos un rayo de luz tibio y desmayado, que brilla y se apaga al punto, cual fuego fatuo que se levanta del seno de las tumbas. Do quiera la luz es absorbida por la sombra, y se diría que a la voz del genio de las tinieblas los astros huyen y se esconden espantados de tanta densa oscuridad.

El pampero, ese viento terrible que, naciendo, en las nevadas cimas de los Andes donde no se ha estampado la planta del hombre, recorre los desiertos de la Pampa argentina, cruza el Plata, y va a espirar en los confines del Brasil o en las inmensidades del Atlántico, arrancando de raíz en su tránsito árboles que cuentan siglos, haciendo salir de madre, los ríos, y derribando cuanto intenta detenerle... el pampero brama ahora, abriéndose paso por entre el tupido ramaje de vírgenes bosques tan antiguos como el mundo, y se oye en lontananza, más profundo y violento a medida que se acerca, el grito que exhalan los corpulentos molles, los espinosos guariyús y férreos ñandúbays, al caer tronchados por su poderosa mano.

Y en verdad que no le falta espacio donde ejercer su saña; si pudieran nuestros lectores trasladarse con el pensamiento a las floridas riberas del Uruguay, sin duda les encantaría el bellísimo paisaje que presenta el lugar donde comienza nuestra historia, ora le contemplasen a la radiosa claridad del Sol, ora iluminado por el rocío de plata que vierte la Luna del cielo americano.

Figuraos una dilatada planicie cortada al horizonte por una cadena de montañas, e interrumpida apenas en el centro por una que otra pequeña eminencia, o sea cuchilla, como las llaman en el país: a la derecha, un gran río, y a la izquierda una selva impenetrable. Colocad en medio de aquel desierto, solitaria y aislada, a unos quinientos pasos del río y media legua de la selva, una gran casa de material edificada sobre una de las citadas cuchillas, y flanqueada por largos galpones de madera y de varios ranchos, o sean chozas de barro y paja, parecidas a las de algunos pueblos de la Mancha y de Castilla, y acaso os forméis una idea aproximada de la localidad adonde deseáramos conduciros; es decir, a una Estancia, a una posesión rural sita en la provincia de Paisandú, a seis leguas de la población de su nombre, villa y cabeza de departamento.

No cumple a nuestro objeto entrar ahora en detalles sobre lo que entendemos por estancia. En la serie de cuadros característicos y locales que nos proponemos reseñar, nos sobrarán ocasiones de describirla con la detención que merece. Entre tanto, conténtense nuestros lectores con la anterior ligera indicación, indispensable para la perfecta inteligencia de los hechos que vamos narrando.

A poca distancia de la casa de que hablábamos no ha mucho tiempo, elévase como avanzado centinela un ombú, árbol gigantesco, de enorme tronco y pobladas ramas, que brota espontáneamente en nuestras interminables soledades, aislado y sin compañeros, y que sirve de punto de reunión a los habitantes de la estancia, a los viajeros y a los gauchos estantes y transeúntes de la provincia.

Ahora bien; en esta noche tan lóbrega y tempestuosa, a favor del resplandor fugitivo que de vez en cuando vertía la Luna, hubiérase podido distinguir un hombre montado en un brioso corcel, que seguía a galope la estrecha senda que, conducía desde el río a la estancia.

A los primeros amagos, al rumor lejano que precede a la venida del pampero; el desconocido trató de guarecerse bajo el ombú.

El viento cada vez mayor, apenas le dio tiempo para echar pie a tierra y acostarse cuan largo era al pie del árbol acción que instintivamente imitó su caballo.

Entonces; a merced de los fugitivos resplandores de que hemos hecho mención, se dibujaban en la sombra los rasgos de su fisonomía y de su caprichoso traje.

Era un joven como de veintiocho años; alto, de tez morena y vigorosa musculatura. Cubría su espaciosa frente un sombrero portugués de copa redonda y ancha ala, adornado con algunas plumas de pavo real, entre las que se distinguía un ramito de flores silvestres ya marchito y atado en la cinta del sombrero con otra de seda. Abundantes cabellos negros, tersos y relucientes, flotaban sobre sus robustas espaldas, en agradable desorden: su larga y poblada barba, que le llegaba hasta el pecho, caía sobre la botonadura de plata de su poncho, especie de capa cerrada que se mete por la cabeza; sus ojos rasgados y brillantes, coronados por espesas cejas que se unían en forma de herradura, tenían una indefinible expresión de arrogancia y de orgullo, templada por cierto aire regio e imponente que subyugaba o predisponía a su favor. La nariz aguileña, la boca grande, pero muy delgados los labios, revelando la desdeñosa altivez del que se cree superior a cuanto le rodea.

Cuando el viento levantaba el halda de su poncho, distinguíase debajo de él una chaqueta de grana bordada con trencilla negra: un pañuelo de espumilla formaba el chiripá, liado por la cintura a guisa de saya, recogidas las puntas entre los muslos para poder montar a caballo, y sujeto al cuerpo por un tirador, especie de canana de piel de gamuza, de la cual pendía un enorme puñal de vaina y cabo de plata: anchos calzoncillos, de finísimo lienzo, adornados en los extremos con un gran fleco o crivao, resguardaban sus piernas, y descendiendo hasta los tobillos, ocultaban a medias unas espuelas de plata colosales, y las blanquecinas botas de potro formadas con la piel sobada de este animal. Dichas botas, partidas en la punta, dejaban al descubrimiento los dedos de los pies para asegurarse mejor en los estribos, de forma triangular y tan pequeños, que apenas daban cabida al dedo principal.

Basta esta descripción para conocer que es un gaucho el héroe de nuestra historia, porque solo ellos visten de esa manera.

¿Y qué es un gaucho? —preguntarán algunos de nuestros lectores, que probablemente no habrán oído en su vida pronunciar ese nombre.

Un gaucho es un hombre que se ha criado vagando de estancia en estancia, que vive y tiene todos los hábitos, inclinaciones e ideas de la vida nómada y salvaje, amalgamadas con las de la civilización. Espíritu indómito, audaz, lleno de ignorancia, preocupaciones, pero valiente hasta el heroísmo, carácter excéntrico y original que no conoce más leyes que su capricho, ni anhela más felicidad que su independencia; que desprecia al hombre de las ciudades y cifra su ventura en los azares, en los peligros, en las violentas emociones de su existencia errante y vagabunda. Eslabón que une al hombre civilizado con el salvaje, sin ser una cosa ni otra, como ha dicho perfectamente el señor Aguilar en una nota que puso al pie de un fragmento de una de nuestras leyendas, titulada Celiar.

Decíamos, pues, que el personaje, cuyo nombre ignoramos aún, se había guarecido bajo el ombú, buscando un refugio a los furores del pampero.

Allí permaneció largo rato, mientras el viento, bramando cada vez con más ímpetu, vino a estrellarse en las cimbradoras ramas del árbol protector, que se inclinaron hasta tocar el suelo, irgiéndose y humillándose alternativamente, no sin perder en las furiosas embestidas del huracán sus más lozanas hojas.

El gigante de los aires y el gigante de las selvas luchaban cuerpo a cuerpo como dos vigorosos atletas, hasta que, fatigado el primero, escapose de los brazos de su rival, y tendió su vuelo en otra dirección, lanzando un prolongado alarido, semejante al estruendo de las embravecidas olas, cuando se azotan contra un banco de piedra en medio del océano.

El gaucho alzó tranquilamente la cabeza, y, al través del ramaje, miró al firmamento. Un escuadrón de negras y apiñadas nubes volaba delante del pampero, dejando despejado el espacio por donde aquel cruzaba; volvían a relucir las estrellas, y la Luna asomaba su disco amarillento, ceñido de una aureola encarnada. De modo que la mitad del cielo ofrecía el aspecto de una plácida noche de verano, y la otra mitad el de la más fría y nebulosa noche de invierno.

Púsose de pie el desconocido, ató su caballo a las ramas del ombú, se levantó las espuelas para que no sonasen las cadenillas y la estrella de los espigones al rodar por la yerba doblose el poncho sobre los hombros, desenvainó el puñal, y paseando la vista en torno suyo, encaminose paso a paso a la casa, que, como hemos dicho, quedaba a poca distancia del ombú.

Detúvose delante de una ventana baja, defendida por anchos barrotes de madera, y apoyado contra el muro, remedó por dos veces el lúgubre acento del aguará, pequeño animal de nuestros bosques, que solo de noche hace oír su voz, triste y melancólica, como la postrer plegaria de un moribundo.

Nadie respondió a esta señal; pero, en cambio, un oído muy atento habría percibido a intervalos el casi imperceptible ruido de un pasador de hierro que alguna mano muy trémula descorría: luego la ventana se fue abriendo poco a poco, y una mujer, bella como la esperanza, graciosa como la primera imagen de amor que cruza por la frente de un adolescente, asomó tímida y ruborosa su infantil cabeza, y con voz entrecortada y apenas inteligible, murmuró:

—Todavía no...

La ventana volvió a cerrarse lentamente, y transcurrieron dos horas mortales de angustia e incertidumbre para el desconocido. Por vez tercera, el doliente clamor del aguará fue a resonar en los oídos de la hermosa y a recordarle el cumplimiento de una promesa que acaso se olvidaba o se arrepentía de haber hecho.

Esta vez se abrió del todo la ventana, y se entabló a media voz el siguiente diálogo entre la dama y el galán:

—¡Valor alma mía!... Ha llegado el momento solemne...

—Todavía es temprano.

—No, que va a despuntar el alba.

La joven como si luchase con encontrados sentimientos, fijó irresoluta sus bellos ojos en los de su amante.

—Vamos, ¿qué dices? continuó este.

—¡Ay, tengo miedo!...

—¿Ahora te arrepientes? ¿Y de qué tienes miedo?

—No sé... pero me parece que no todos duermen... van a sorprendernos, Amaro; más vale que lo dejemos para mañana.

—¡Mañana! ¡Imposible, imposible! —repitió el gaucho con acento sombrío—; mañana vendrá tu padre a buscarte. Lia, es preciso que me sigas ahora mismo.

—Mira —repuso la niña medio turbada por el modo imperativo con que se le exigía una obediencia que no estaba acostumbrada a prestar a nadie—: mira, no he podido ganar al esclavo que debía favorecer mi evasión, y...

—¡y bien!... —exclamó Amaro, centelleándole los ojos de ira.

—No tengo por donde salir —contestó Lia humildemente, fascinada por aquella terrible mirada y dejando caer una lágrima sobre la mano de su amante, que tenía cogida entre las suyas.

-¿No es más que eso? —preguntó este trocando en alegría su enojo—; ¿si tuvieras por donde salir, me seguirías?...

—Sí —murmuró ella volviendo atrás la vista como para cerciorarse que nadie los observaba.

—¡Pues sal!

Al decir estas palabras apoyó el gaucho su hercúlea diestra, sobre un extremo de los barrotes de madera que hacían las veces de reja, y los clavos que lo sujetaban al marco saltaron cual menudas astillas.

Lia, más blanca que un cadáver, retrocedió al medio del aposento, y haciéndole una señal para que huyese, apagó la luz, e inmóvil, roto el aliento y desencajada la faz, esperó que se abriese la puerta que comunicaba a la habitación inmediata y acudiesen en tropel los que dormían en ella, despertados por aquel ruido extraño y alarmante en las altas horas de la noche.

Pero fuese efecto del letargo profundo en que yacían, o lo que parece más probable, que lo atribuyesen entre sueños a alguna ráfaga perdida del huracán que momentos antes se había desencadenado, nadie se levantó a inquirir su causa.

Después de algunos instantes, Lia, sacando fuerzas de flaqueza, se acercó de nuevo a la ventana, y tornó a suplicar a Amaro, que había permanecido tranquilo en su puesto, resuelto a partirle el corazón de una puñalada al primero que se acercase, que difiriese su fuga hasta el día siguiente.

Sardónica risa resbaló por los delgados labios del gaucho; sus dientes rechinaron de rabia e indignación, y en vez de poner un beso de despedida, como solía, en la pura frente que su amada le presentaba, frenético la cogió bruscamente de un brazo, y con resuelta y amenazadora voz, le dijo:

—¡Me sigues ahora mismo, o te mato!

Lia vio resplandecer a dos pulgadas de su pecho la acerada hoja del puñal que hasta entonces Amaro había tenido oculto bajo el poncho, y acobarda y trémula, inclinose llorando sobre el hombro de su amante, que la cogió velozmente por la cintura, y la arrancó de su hogar con la misma facilidad el vendaval la hoja seca de una rosa.

Lia perdió el conocimiento.

El raptor llevola en brazos desmayada hasta el pie del ombú, montó con ella a caballo, partió a galope hacia el monte cercano, y a poco se perdió entre su lóbrego ramaje.

II. Puñaladas

Al anochecer del siguiente día en que acaecieron los sucesos narrados en el capítulo anterior, se encaminaba el personaje, que por ahora conocemos con el nombre de Amaro, al vecino pueblo de Paysandú.

A una bala de cañón del pueblo, había, allá por los años de 1823, una pulpería, o lo que es lo mismo, un ventorrillo o taberna sui generis, donde se expendía detestable vino, aguardiente, miel, tortas, flores de maíz, tasajo ahumado y otros comestibles.

A pesar de la mala calidad de sus artículos de consumo, ninguna pulpería en todo el departamento gozaba de una popularidad tan envidiable. Allí se reunían por la mañana y al caer la tarde, a echar un trago, todos los gauchos de diez leguas a la redonda. Hablaban de las próximas carreras, hacían apuestas, se concertaban para una batida de tigres o de guanacos (venados), improvisaban los palladores (cantores) tocando la guitarra, y si había en la reunión algún forastero, se le obligaba a contar sus trabajos, fatigas y peregrinaciones por media América enterita, errante de pago en pago y de tapera (cala derribada en medio del campo) en galpón, perseguido por la Tierra y por el cielo, pensando solo en sus aparceros y en su china (querida).

Con las indicaciones que hemos hecho sobre el carácter de los gauchos, fácil es suponer cuán frecuentes serían las disputas, y el resultado que tendrían. A la menor palabra indiscreta, a la menor alusión que lastimara su nimia susceptibilidad, los puñales salían a relucir y no volvían a la vaina sino teñidos con la sangre de uno de los contendientes. Los espectadores, tranquilos o impasibles, se levantaban de los cráneos de caballo que les servían de asiento, y formando un ancho círculo en torno de los dos combatientes, les dejaban acuchillarse a su sabor hasta que corría la sangre. Entonces se interponían y les obligaban a darse las manos, a menos que alguno hubiese muerto, lo que rara vez acontecía, porque existen ciertas reglas de nobleza entre aquella gente desalmada, que les veda matar a su contrario por causas triviales. Les basta únicamente con señalarlo, marcarlo en la jeta, como ellos dicen, para que aprenda en adelante, a que pingo echa el pial.

Amaro, que se dirigía al pueblo, tenía forzosamente que pasar por delante de la pulpería, en cuya tranquera se veían atados más de cuarenta caballos; tal vez estaba muy lejos a su pensamiento el detenerse, pero oyó al acercarse ciertas palabras de una conversación muy interesante para él; contuvo el galope de su alazán, escuchó un momento, y confirmándose en sus dudas, apeose, se caló el sombrero hasta las cejas, y entró en la pulpería.

La discusión versaba sobre el rapto verificado la noche antes. Un hombre de faz torva, cejijunto, de mirar oblicuo y voz áspera e imperativa, apoyado negligentemente sobre el mostrador, con un vaso de aguardiente en la mano y un enorme cigarro en la boca, se dirigía, medio ebrio y con aire de perdonavidas a un grupo que le rodeaba y parecía escucharle con marcadas muestras de deferencia.

—¡Ay juna! —decía el valentón, a quien en vez de su nombre patronímico daban el de Enchalecador, aludiendo sin duda al oficio que desempeñaba en el ejército del célebre Artigas, caudillo americano, que acostumbraba a hacer coser a sus prisioneros españoles dentro de la piel de un novillo recién muerto, dejándoles solamente fuera la cabeza y exponiéndolos encima de una cuchilla a los ardientes rayos del Sol, hasta que morían de hambre y de sed: suplicio atroz que el implacable guerrillero llamaba enchalecar, y a los que, lo practicaban enchalecadores:

—¡Ay juna! —decía el valentón—: han de saber ustedes que anoche, ¡vive el diablo!... han robado de la estancia de la Cruz alta, ¡vaya un lance! a aquella niña, ¡hide p!... que vino de Montevideo... ¡ja, ja, ja! hace tres meses, enferma... ¡crach!... a tomar las aguas del Uruguay...

—¿Y no se sabe quien ha sido el robador? —preguntó una de los circunstantes.

—¡Ca! —respondió otro, reforzando su exclamación con una doble interjección que la pluma se resiste a trazar.

—¡Pues sepa usted, so bruto —continuó el orador—, que a mí nada se me escapa, ¡mal rayo! y ando a la pista de ese tunante morao, y ruin!

—¿Le conocéis acaso?...

—Sí —contestó el enchalecador—; ¡buena alhaja! Y sé... ¡voto va! donde se oculta.

Al oír estas palabras, Amaro, que hacía dos minutos que había entrado y colocádose a su espalda en un grasiento banquillo con honores de mesa, se estremeció y perdió el color, no sabemos si de ira o de temor de verse descubierto.

—Vamos, aparcero —exclamaron algunos de los interlocutores—; eso lo decís por alabaros. ¿Cómo en tan poco tiempo habéis podido averiguarlo?

—¿Cómo? ¡Bah! ¿Os habéis olvidado, sonsos, que yo tengo quien me lo cuente todo?

Los gauchos se miraron unos a otros con ojos espantados: el enchalecador tenía en la comarca fama de brujo, y más de una vieja aseguraba haberle visto en las altas horas de la noche hablando con el diablo en la puerta del cementerio.

Demás está decir que él, como todos los embaucadores de profesión, sabía explotar hábilmente esta creencia popular, a la que prestaba todos los visos de la realidad la manera cómo se manejaba para saber los sucesos antes que nadie; lo cual, a fuerza de repetir una y otra vez, había impresionado de tal modo la imaginación crédula y supersticiosa de sus iguales, que no había uno solo que no le tuviese por adivino y hechicero.

—Sí, debe saberlo —murmuró uno de ellos al oído de su compañero—; tiene pacto con el diablo.

—Pues harías bien en contárnoslo —dijo este último en voz alta—; así nos proporcionaréis ocasión de ganar la magnífica recompensa que ha ofrecido el comandante de Paysandú, que según parece es pariente de la pueblera, al que descubra su paradero, porque en cuanto al raptor, se ignora todavía quién es.

—¡Oigalé! Eso es lo que tú quisieras, ñandú, para engordar a mis costillas, ¡ay mi cielo! tienes todavía la leche sobre los labios para engañar, ¡tararira rira rira! a un reyuno tan maestrazo como yo...

—Pero, en fin —repuso otro—, decinos al menos el nombre del robador.

—Así como así —continuó el interpelado—, presentando el vaso al pulpero para que se lo de aguardiente llenase por la décima o duodécima vez, poco importa, ¡Satanás! que os lo diga, porque ninguno de vosotros, ¡quia! es capaz de atravesar el caballo para cortarle el paso si le encontrase en su camino... ¡Pafs!

—¿Pues quién es? —preguntaron todos llenos de admiración.

—¿No recordáis aquel alarife, ¡buen mandria! que vino, ¡puñalaa!... de... de... ¿qué sé yo?... ¡de los infiernos!... Naide sabe qué burro lo ha pario, diantre, ni qué viento lo trajo por acá!...

—¿Calibar?... —exclamaron todos con vivísimo interés, que al punto se trocó en manifiesta incredulidad—: ¡eh! no puede ser, hace más de quince días que partió para la Rioja.

Calibar no era otro que Amaro; ya explicaremos en lugar oportuno su verdadero nombre y el origen de la creencia de que no se hallaba entonces en Paysandú.

—¡Ira de Dios! —gritó el perdonavidas, descargando un fiero puñetazo sobre el mostrador, echando mano al puñal y sacudiendo su cerdosa y encrespada cabellera—: ¡repito que ha sido él, Calibar, ¡traidorazo!... el robador de esa hembra! ¡Yo, yo le he visto, mal rayo!... yo le he visto con estos ojos que se han de comer la tierra..., ¡ach! ¿Y quién es el quiebra que se atreve a dudar de la veracidad de mis palabras?...

—¡Yo! —contestó a su espalda una voz varonil y resuelta. Volviose rápidamente el enchalecador cual autómata tocado por un invisible resorte, y se encontró solo, frente a frente con el personaje que acababa de nombrar, porque sus demás compañeros retrocedieron a una prudente distancia apenas, le vieron apoyar la mano sobre el pomo de su montante.

Amaro se había echado atrás el sombrero, y sus negras pupilas, brillantes como dos brasas encendidas, chispeaban con el resplandor rojizo y fascinante de los ojos del surucucú; un ligero temblor nervioso hacía vacilar su mano y entreabría sus labios como para dejar salir el aliento de fuego que se escapaba de sus pulmones abrasados, y a una palidez mortal sucedíase alternativamente el carmín de la ira, que coloreaba su tez morena, y derramaba un barniz satánico sobre su imponente y avasalladora fisonomía...

Solo el enchalecador, entre todos los que allí estaban, le miró con rostro sereno, y acabando tranquilamente de apurar su vaso, le puso con mucha flema sobre el mostrador, añadiendo enseguida con la misma calma:

—Voy a matarte.

—Lo mismo iba a decirte —respondió Amaro con insultante menosprecio—; veamos si eres tan valiente en obras como en palabras, defiéndete bien, porque es preciso que uno de los dos no salga de aquí sino para ir al campo santo.

Ambos contrarios se sacaron el poncho y se lo arrollaron en el brazo izquierdo; las dos puntas de sus pies se tocaron, y al mismo tiempo brillaron en el aire como dos relámpagos, describiendo círculos y espirales, dos largas hojas de acero tan afiladas como navajas de afeitar.

Diestros ambos, y animados por el mismo ardiente deseo de exterminarse, engendrado en el matón por la envidia y mengua que empezó a sufrir su fama de valiente desde la llegada de su rival, y en éste por la necesidad de enterrar en la tumba su secreto, puesto que por su desgracia aquel hombre había llegado a sorprenderlo, lucharon por espacio de media hora con igual maestría y fortuna. En vano era inclinarse, amagar al brazo y tirar al pecho, hacer falsos ataques a un punto reiteradas veces, y caer de repente sobre otro con la velocidad del rayo; en vano clavar una rodilla en tierra para herir al contrario por debajo, o retroceder intencionalmente, girar como una rueda, serpear como un buscapié, cambiar a cada momento de posición como una ardilla... ¡en vano!... En vano dejar correr el puñal a lo largo de la hoja buscando los dedos o la muñeca. En vano asestarse sin parar quince o veinte golpes seguidos para fatigar la vista del contrario, y deslumbrarlo en las rápidas evoluciones del acero más veloz que el pensamiento... ¡todo era inútil!... Siempre el hierro rechazaba al hierro, despidiendo azuladas chispas, siempre el poncho recibía el golpe mortal, y el tajo no llegaba a la piel, gracias a la celeridad y presencia de ánimo de los combatientes. Parecía que tenían una armadura oculta, o que una mano invisible, en el momento crítico, desviaba las certeras y al parecer inevitables puñaladas que uno y otro se dirigían...

Una circunstancia casual vino a decidir la lucha cuando menos se esperaba, ya por el igual valor y destreza de los gauchos, ya por la llegada de varios celadores que acudieron del pueblo, prevenidos sin duda por alguno: la hoja del puñal del enchalecador saltó en el mismo instante que Amaro le asestaba un golpe al corazón; el desgraciado arrojó el mango de su arma inutilizada, y se llevó las dos manos juntas al pecho como para resguardarse, pero el hierro de su enemigo iba dirigido con tal fuerza, que le atravesó ambas palmas y asomó por la espalda.

—¡Me ha muerto! ¡Voto al!... —fueron las únicas palabras que pronunció al caer sin vida, partido el corazón en dos pedazos.

Amaro, blandiendo el puñal ensangrentado, tendió la vista en torno suyo, y divisó a los celadores que, defendían la puerta con sus sables desenvainados.

—¡Dese preso el asesino! —dijo el sargento tendiendo su espada a la altura de su pecho, y haciendo seña a los que allí se encontraban para que lo sujetasen por detrás.

Los gauchos se alzaron de hombros, y ninguno se movió. Aun cuando hubiera sido su padre o su hermano el muerto, muerto lealmente, según sus reglas, no habrían prestado su apoyo a la justicia para prender al matador.

—¡Paso! —gritó Amaro, atropellando audazmente al sargento, e hiriéndole en la cara, lo mismo a un soldado que tuvo la imprudencia o el arrojo de cogerle por el cuello del poncho—; ¡paso, canalla imbécil!

Y mientras se rehacían los agentes de protección y seguridad pública a la voz del sargento, avergonzados de retroceder ante un hombre solo, cortaba él las riendas a su caballo, no teniendo tiempo para desatarlas, montaba y partía a escape con dirección al río.

A poco resonó en sus oídos el rumor de la tropa que galopaba tras él.

El fugitivo se encontraba en el declive de una cuchilla, y pasaba junto a unos espesos sarandíes y guayacanes que se extendían a lo largo del camino.

La Luna no había asomado aún.

Picó espuelas a su cabalgadura, y al pasar junto a los árboles, sin pararse, se agarró con las manos y encaramose en las ramas de uno de ellos, descargando con los pies un golpe en las ancas de su potro, y gritándole con voz vibrante ¡jahá! ¡jahá! palabra guaraní, que significa ¡vamos! ¡vamos! y cuya importancia en la presente ocasión comprendió el inteligente animal a las mil maravillas, porqué redobló su carrera y se perdió muy pronto de vista.

Diez minutos después vio Amaro desde las ramas del guayacán, cruzar a los ocho soldados que iban en su persecución.

—Bien —se dijo, bajándose del árbol, y tomando una senda extraviada, que conducía a la villa—; mientras ellos persiguen a mi caballo creyendo que yo voy encima tengo tiempo de sobra para llegar al pueblo y hablar con el señor de Abreu, ya que es indispensable que sea esta noche, porque mañana y en estos días estarán ya en acecho los esbirros y me atraparían sin remedio. En cuanto a mi caballo nada tengo que temer, está aquerenciado y es parejero, con lo que quería significar que en cualquier parte que soltase su cordel, aunque fuese a doscientas leguas de distancia, se volvería al paraje donde se había criado o cobrado afición con el transcurso de los años, lo que ejecutaría en menos tiempo que otro cualquiera, por ser parejero, es decir, adiestrado desde pequeño a la carrera y acostumbrado a salvar grandes distancias en pocos minutos.

Embebido en tales ideas, llegó al pueblo a las nueve de la noche, y entró por la parte opuesta al sitio de la catástrofe. Oyó por las calles hablar del suceso, y ni siquiera se le ocurrió la idea de retroceder. Detúvose en la plaza, y llamó a una soberbia casa cuya fachada indicaba la riqueza de su dueño.

Allí residía el acaudalado propietario y comerciante brasileño, don Nereo Abreu de Itapeby, el cual no bien supo su venida, abandonó al punto su escogida tertulia compuesta de las primeras personas del pueblo por su posición política y fortuna, para encerrarse con él en su gabinete, con él, oscuro y humilde gaucho, cuya vida era un misterio y que en el corto espacio de veinticuatro horas había robado una mujer contra su voluntad y muerto a un hombre.

¿Qué vínculos podían unir a estos dos seres, colocados el uno en la primera y el otro en la última grada de la escala social?... Francamente, este capítulo es ya muy extenso, y solo podremos aclarar tus dudas, lector carísimo, en el siguiente, cuyo título estamos seguros te agradaría muchísimo ver en tu poder de otro modo que en letras de molde, como, por ejemplo convertido en buenas doblas mexicanas o en billetes del Banco de San Fernando, magüer sufriesen estos un descuento de 20 %, como sucedió en el año de gracia de 1848.

III. ¡¡¡Cien mil patacones!!!

En un espacioso gabinete, alhajado con exquisita elegancia, tendido muellemente en una cómoda butaca el señor de Abreu, y a poca distancia Amaro, sentado con las piernas cruzadas, como los turcos, sobre una magnífica piel de jaguar prepáranse a interrogarse mutuamente, previos los cumplimientos y frases de costumbre entre antiguos amigos que no se han visto en algunos años.

La postura del opulento brasileño revelaba la indolencia habitual de los ricos, y característica de los que habitan en aquel hermoso pedazo del Edén americano, que riega el Amazonas y fecundiza el Sol de los trópicos; y la del gaucho, la insolente arrogancia del bárbaro que desprecia las comodidades y el lujo de la civilización, y que no sacrifica sus hábitos ni aun en el seno de otra sociedad diversa de la suya.

Y sin embargo, a pesar de esta circunstancia, que parecía marcar el origen de cada uno y establecer entre ellos diferencias radicales, la persona menos fisonomista, a poco que se fijase, habría notado en su semblante rasgos marcadísimos que estaban indicando ocultas y misteriosas afinidades.

Diferenciábanse únicamente en la estatura, en la edad, en la manera de expresarse; el brasilero era más joven y delicado: los áridos vientos del Norte no habían calcinado su rostro ni desarrollado su enfermiza complexión largos viajes a caballo, luengos días y menguadas noches pasadas en vela y a la intemperie, y a veces los rudos aunque cortos trabajos de una estancia; pero su fisonomía, fuese efecto de la casualidad o de otro motivo que todavía ignorarnos, sin tener la misma expresión altiva y amenazadora que la de Amaro, vista aisladamente, y salvo las modificaciones producidas en la de aquel por las causas mencionadas, ofrecía tantas semejanzas con la del gaucho, que cualquiera los hubiera creído hermanos, o cuando menos parientes.

El comerciante sacó una petaca de esa finísima paja llamada jipi-japa que con tan singular destreza tejen los peruanos y chilenos, y ofreció un habano a su compañero.

Amaro cogió tres; encendió uno, y puso los restantes a su lado, para irlos tomando a medida que se le concluyese el que tenía en la boca.

—Ante todas cosas, Amaro —dijo don Nereo dando principio a la conversación—, quiero que me expliques qué diablos has hecho en Minas para andar oculto y con otro nombre, y porque no has venido a verme cuando hace más de un mes que estoy aquí, y cuando te necesitaba y podías prestarme un señalado servicio.

—Señor —contestó Amaro—: la razón de haber salido de Minas es muy sencilla: vuestros compatriotas, como no ignoráis, hace tiempo que se han apoderado de nuestro territorio, y como tengo enemigos muy poderosos desde aquel desgraciado asunto del que me salvó vuestro tío, el señor de Niser, el nuevo comandante me ha perseguido a instigación suya, y...

—¿Te ha parecido conveniente tomar las de villadiego y con un nombre supuesto buscar refugio en otra provincia donde no te conociesen?...

—No me quedaba otro recurso, estoy calificado de montonero, y ya sabéis cuán inexorables son vuestros paisanos con los que no se pliegan a su dominación.

—¿Acaso formarías tu parte de la gavilla de ese demonio a quien llaman Caramurú, de ese gaucho, mestizo, mulato o indio, que tan implacable odio nos ha jurado, y que según dicen ha sido últimamente muerto en una celada con todos los suyos en el departamento de Tacuarembó, teatro de sus crímenes?

—Caramurú no ha muerto, señor don Nereo —respondió el gaucho con aspecto sombrío—: la traición ha podido arrojarle de aquel departamento; pero a Dios gracias vive todavía, y mientras él viva siempre tendrán vuestros compatriotas quien les dispute su presa: ¡está resuelto a hacerles una guerra de exterminio hasta morir.

—Veo que eres su amigo —repuso el comerciante, disgustado de semejante respuesta—, y en verdad, lo siento, Amaro, porque si te echan el guante, nadie en la Tierra podrá salvarte del anatema que pesa sobre todos los que siguen sus banderas...

—Sea en buen hora —añadió el gaucho con arrogancia—; ¡moriremos si Dios así lo quiere, pero moriremos libres! ¡No hemos arrojado a los godos, para dejar que los portugueses ni nadie venga a esclavizarnos otra vez!

Conviene advertir que por aquella época, en 1816, el gobierno portugués, al cual estaba el Brasil sujeto entonces a pretexto de sostener los derechos de Fernando VII, e impedir que la propaganda revolucionaria penetrase en sus colonias, pero en realidad, con el plausible objeto de apoderarse del territorio comprendido entre las cabeceras del Cuarehim, el Atlántico y la margen izquierda del Plata, que hoy forma la república Oriental del Uruguay, había invadido nuestras fronteras con un ejército que se apoderó en breve de todo el país. Divididos y extenuados los patriotas, es decir, los jefes americanos que habían arrojado a los españoles, encontráronse impotentes para resistirles en batallas campales, y se organizaron en guerrillas, haciendo cada uno por su cuenta y riesgo la guerra de montonera, llamada así, porque sus fuerzas se componían de pequeñas divisiones de caballería, sin disciplina, sin armas casi, sin sueldo ni retribución de ninguna clase, formadas en un día para disolverse al siguiente, y sin más ley que la voluntad del caudillo que las regía.

El gobierno portugués y más tarde el Brasilero emplearon inútilmente para exterminarlas cuantos medios estaban a su alcance: la persecución, el soborno, la intriga, la traición... los gauchos, cuyos instintos bélicos e ingénito amor a la independencia había despertado la lucha con la madre patria, seguían espontáneamente al primero que se levantaba contra los rabudos, como calificaban a los lusitanos victoriosos; y éstos, en justa represalia, fusilaban en el acto y sin forma de proceso a cuantos montoneros caían en sus manos.

Se ve por esta ligera explicación cuán poderosas razones asistían a Amaro para haber emigrado del teatro de sus hazañas, no a causa del desgraciado asunto de que nos ocuparemos a su debido tiempo, sino porque él, aparentando ser un simple partidario del célebre montonero, era nada menos que el mismo Caramurú, cuya biografía había hecho en pocas palabras el señor de Itapeby.

El motivo de no conocerle éste por ese nombre, a pesar de ser antiguos amigos, consistía en que se lo habían dado posteriormente los invasores al comenzar la lucha, a consecuencia de muchas y horrorosas crueldades que le atribuyeron, y que él aceptó por suyas sin haberlas cometido, lo mismo que el odioso epíteto con que le calificaban, y que no podía simbolizar mejor la guerra de exterminio que se propuso hacerles desde un principio, pues Caramurú significa el hombre de la cara de fuego, o lo que es lo mismo, Satanás, y tuvo origen en uno de los caudillos lusitanos en los primeros tiempos de la conquista del Brasil, a quien por sus inauditos crímenes dieron los indígenas ese nombre.

Retirado en el departamento de Paysandú, donde nadie, a excepción de Abreu, le conocía personalmente, los bosques que se extienden a lo largo del Uruguay le ofrecieron un asilo impenetrable; estaba acostumbrado a vivir en las selvas, y únicamente salía de ellas para asistir a las carreras, a las trillas a las gerras, a las festividades religiosas de los pueblos, o para reunirse en las pulperías con sus iguales...

—Y ahora, ¿qué piensas hacer? —le preguntó el comerciante, ya enterado de los graves motivos que le obligaran a alejarse de Minas, o mejor dicho de Tacuarembó.

—Ahora pienso irme a Catamarca pero necesito dinero, y por eso se me ha ocurrido haceros esta visita.

—¡A Catamarca!... ¡Diablo!... —exclamó apresuradamente el señor de Itapeby incorporándose en su muelle asiento; hombre—, ¿estás loco? ¿No te he dicho que ahora te necesito?...

—Señor —respondió Amaro con la gravedad de un hombre que no acostumbra repetir dos veces las cosas—: ya os he manifestado que tengo que irme, y me iré...

—¿Pero por qué?

—Porque he muerto a un hombre.

El comerciante se levantó del sillón, y dio dos vueltas por el gabinete:

—¡Amaro, Amaro! —exclamó paseándose cada vez más agitado—; ¡ya van dos con esta! Acuérdate de lo que tuvimos que trabajar mi tío y yo para salvarte la vez primera...

—¿Qué queréis? —repuso el gaucho con la misma indiferencia que si se tratase de enlazar un potro salvaje, o de otra cosa insignificante—. Ese hombre me espiaba hace días, y llegó a sorprender un secreto que nadie me arrancará sino con la vida; ¡era preciso que él o yo dejase de existir! Le he muerto lealmente y cara a cara... No tiene de qué quejarse.

—Lo mismo decías del otro: le he muerto cara a cara...
¡Insensato! ¿No temes que la espada de la justicia caiga al
fin sobre ti?

—¡Tal día hizo un año! —respondió Amaro con desdén,
atusándose los bigotes y haciendo girar sobre la piel de jaguar la estrella de sus grandes espuelas de plata.

—¡Y ahora que tanta falta me hacía! —continuó Abreu
hablando para sí y juntando manos en señal de profunda
tristeza.

—¡Pues hablad, con mil... santos! —contestó el gaucho.

Don Nereo, por toda repuesta, volvió a arrellanarse en su
cómodo sillón, y permaneció algunos minutos abismado en
sus reflexiones. Su huésped inclinó a un lado la cabeza, apoyó en el muslo el codo, y la sien en la palma de la mano;
bostezó dos o tres veces, y para despertar de su meditación,
que ya empezaba a fastidiarle, a su protector, amigo o lo que
fuese, se puso a silbar, imitando el silbido suave y armonioso
de los monos cuando llaman a sus hijuelos.

El comerciante, que sin duda estaba acostumbrado a sus
extravagancias, comprendió lo que significaba aquel extraño
modo de traerle a la cuestión.

—Ya es inútil todo —murmuró—: ¿cuánto necesitas para
tu viaje?

—Una letra de 10.000 pesos, pagadera a la vista.

—¿Qué dices? —preguntó don Nereo creyendo no haber
oído bien.

—Una letra de 10.000 pesos, pagadera a la vista —repitió
el demandante acentuando las palabras.

El comerciante le contempló fijamente, un buen rato juzgando que se burlaba; pero sus ojos tropezaron con la mirada
fría y desdeñosa del gaucho, y conoció que hablaba de veras.

—Es mucho dinero, no puedo dártelo —contestó con timidez.

—Ved, señor, que os lo pagaré —dijo Amaro poniéndose de pie y con un metal de voz en el que iba envuelta una terrible amenaza.

Abreu vaciló.

—Vamos, ¿me los prestáis, o no? —preguntó el amante de Lia acariciando el pomo de su puñal.

—Hombre, si... yo quisiera servirte... Ya ves... pero ¡qué diablo!... Tengo una apuesta de 100.000 patacones, y aunque yo no pago sino la mitad, es indudable que la perderemos... Mas... está empeñada la palabra... y un hidalgo, el hijo del noble conde de Itapeby, no se desdice jamás... —replicó don Nereo con voz entrecortada, por el miedo, casi tartamudeando.

—Sí, he oído hablar de eso, y tenéis razón —murmuró Amaro—: este año, como el pasado, perderéis vuestros vintenes tontamente.

—Detesto a ese orgulloso estanciero, por lo mismo que la suerte le favorece tanto. ¡Todas las carreras Me las gana!... Nadie ha podido sacar la oreja hasta ahora a su renombrado Atahualpa. No sé qué daría para humillar su orgullosa fatuidad. Mira, yo te aguardaba en esta ocasión con ansia, para que me hicieses un favor en cambio de los muchos que te he prodigado en otro tiempo...

—Hablad, señor —repuso fríamente el gaucho previendo lo que iba a decirle.

—Si tú quieres, podemos ganar la carrera.

—¡Imposible! Vuestro parejero es muy inferior al contrario.

—Pero...

El hijo del noble conde se detuvo con cierto embarazo e indecisión, que hicieron asomar a los labios de Amaro su habitual irónica sonrisa.

—¿Pero qué?

—Pero si quieres, tú, que eres el primer jinete del Río de la Plata, tú que sabes todos los ardides que en ocasiones semejantes deciden la victoria a favor no del mejor parejero, sino del mejor corredor, tú podrías fácilmente calzarle...

—¡Eh! —exclamó Amaro interrumpiéndole entre ofendido e indignado—; yo sé matar, ¡pero no sé robar! Eso es una estafa infame, y me admira que siendo tan rico como sois, y conociéndome como me conocéis, me la propongáis.

No era fingido el enojo del gaucho: esta acción se mira entre ellos como una de esas raterías bajas y mezquinas que en la sociedad deshonran y llenan para siempre de ignominia al que las ejecuta. Explicaremos lo que significa.

Nuestros parejeros corren cuando van juntos, echándose el uno sobre el otro; el jinete que obra de mala fe, y tiene la destreza suficiente para hacerlo sin que lo noten, mete una de sus piernas en los encuentros del corcel de su contrario, y al llegar cerca de la meta, vuelve el pie y le golpea con el talón en el costado o en los encuentros, y mientras el animal, al sentir el golpe, se aparta a un lado, se encalabrina o retrocede, él pisa triunfante la raya, señalada por los jueces como término de la carrera.

La circunstancia de galopar juntos, la facilidad de esconder la pierna entre los pliegues del chiripá, y sobre todo, la habilidad del corredor en el momento decisivo, hacen poco menos que imposible el justificar luego si ha habido calzada o no.

Solo el amor propio humillado, el odio y la envidia; amor propio, odio o envidia que no se comprenderán sino recordando lo que sufren las personas dominadas por una manía cuando se ven imposibilitadas de satisfacerla, pueden explicar el proceder tan poco digno de un hombre como Abreu, heredero, aunque segundón, de un apellido ilustre y de una fortuna colosal.

—De todos modos —continuó éste, deseando dar otro giro a la conversación, vista la negativa terminante de su protegido—; es una necedad que hablemos de eso.

—¡Y tanto!...

—Necedad, y más que necedad, porque aunque tú quisieras, no podrías asistir a las carreras.

—¿Quién os ha dicho eso? —preguntó el gaucho en tono de burla, inclinando a un lado la cabeza, y jugando con la botonadura de plata de su poncho.

—Sería una locura —añadió el comerciante con hipócrita recelo—, venir tú mismo a ponerte en manos de tus enemigos.

—Vaya, hagamos un convenio —respondió Amaro sonriéndose—; puesto que tenéis perdidos los 100.000 patacones, ofrecedme, o más bien firmadme, ahora mismo un documento que importe el valor de esa suma, y me comprometo a haceros ganar la carrera legalmente, como Dios y nuestros estatutos mandan.

El comerciante se sonrió a su vez; creía que el gaucho trataba de burlarse de él.

—Eso es imposible —dijo—, después de reflexionar un instante; no hay en todas estas provincias un caballo capaz de competir con el de mi adversario.

Amaro, con aquel acento irresistible, e imperativo ante al cual se humillaba todo, contestó con lacónica aspereza:

—Hay uno. Uno solamente.

Aquel hombre fascinaba, la incredulidad de Abreu, se desvaneció al punto.

—En efecto —murmuró golpeándose la frente y evocando confusamente sus recuerdos—; he oído hablar de un parejero muy superior a Atahualpa... según dicen; pero pertenece a los indios... no sé a qué tribu... ¡Ah! sí... ya recuerdo... a la de los Tapes.

—No; os es infiel la memoria, o estáis mal informado, señor de Itapeby —dijo el gaucho gravemente—; pertenece a otra tribu aún más feroz que esa.

—Entonces —repuso don Nereo con doble amargura que antes—, tú te burlas. Por valiente que seas, sería más que insensatez ir tú solo a sacarlo de manos de esos caribes.

—¿Me daréis los 100.000 patacones?

—¡Dios eterno, Dios eterno! —exclamó el comerciante asombrado—; ¡sería capaz de dejarse matar antes que recoger una palabra indiscreta!

—Vamos. ¿os decidís? Sí o no —repitió Amaro impaciente.

—Pero...

—No hay pero.

—Te matarán...

—Eso no es cuenta vuestra.

—Hombre...

—Por última vez, señor de Itapeby: ¿sí o no?

—¡Sí!

—Bien: desde hoy podéis doblar la parada sin miedo: el triunfo es vuestro, a menos que yo... me quede por allá, lo que no será muy difícil —refunfuñó Amaro entre dientes.

El comerciante no cabía en sí de gozo:

—Te juro, bajo mi palabra de honor —exclamó—, que si ganamos la carrera, son tuyos los 100.000 patacones de mis contrarios.

—¿Y vuestro socio?

—Mi socio fiará lo que yo le diga.

—Firmadme, pues, el documento...

—¡Oh, eso no!... Te entregaré el valor de la apuesta en el mismo momento que los jueces declaren la derrota de Atahualpa.

—Basta: dentro de ocho días estaré de vuelta; voy a traeros el único parejero de estas provincias capaz de proporcionaros el triunfo que anheláis; pero si después de conseguirlo os olvidáis de vuestra promesa...

Los ojos del gaucho se animaron con un resplandor sombrío, y un relámpago de cólera desprendiéndose de sus negros párpados, cruzó por sus enarcadas cejas y dilató su espaciosa frente.

El brasileño retrocedió preguntándole con voz temblorosa:

—¿Qué me harías?

—Nada —contestó Amaro sacando el puñal, y con un leve tajo haciéndose una cruz en la yema del dedo pulgar de la mano derecha, cruz sangrienta que besó, uniendo el índex con el dedo herido—: nada, os mataré donde quiera que os encuentre, de noche o de día, dormido o despierto, en la ciudad o en el campo, solo o acompañado. Ahora vengan esos cinco.

Tendiole el comerciante su trémula mano más pálido que la vera, escapándosele un ¡ay! sofocado, al sentir crujir sus huesos entre los férreos dedos de su pacífico amigo.

—Hacedme ensillar vuestro mejor caballo, y por lo pronto facilitadme veinte gateadas —añadió Amaro preparándose a partir.

Abreu, pensativo y silencioso, salió, y a poco volvió con un cartucho de oro en la mano, y se lo entregó diciéndole:

—El caballo te espera en la puerta falsa del jardín.

—Gracias —contestó el futuro vencedor de Atahualpa echando el dinero en uno de los bolsillos de su tirador de piel de gamuza, y encendiendo el tercer habano.

—Adiós —dijo por despedida—; 100.000 patacones, ¿eh?

—¡100.000 patacones! —repitió maquinalmente el señor de Itapeby, todavía azorado por el extraño juramento y la aterradora amenaza del feroz gaucho.

IV. Lia Niser

Tiempo es ya de que informemos a nuestros lectores de la joven robada, y de las relaciones que mediaban entre ella y su raptor.

Lia era hija de un rico y distinguido abogado oriental, y había nacido y educádose en Montevideo, en aquella hermosa ciudad que se levanta en la ribera izquierda del Plata, como un mburucuyá silvestre a la clara margen de un riachuelo.

Rayando apenas en esa edad dichosa en que la infancia se confunde con la pubertad, y la fisonomía refleja la candidez del adolescente y los hechizos de la mujer, su belleza a los trece años, sin haberse desarrollado del todo, producía esa magnética influencia, ese vago e indefinible embeleso que atrae las miradas de los hombres y les obliga a volver involuntariamente la cabeza, si pasa por delante de ellos, para seguirla con la vista como a una aparición ideal, como al trasunto de la mujer que se han forjado en sus ensueños de amor y de poesía.

Imposible nos sería decir a punto fijo en qué consistía este prestigio, prestigio que se escapaba al ojo más perspicaz al querer analizarlo, semejante a un fluido inmaterial. No se limitaba a una parte determinada de su físico o de su alma; estaba derramado en todo su ser; lo mismo en su cutis sonrosado y transparente, aunque moreno, que en sus ojos pardos, expresivos y voluptuosos, como en su aéreo talle más flexible que las ramas del sarandí, lo mismo en su reluciente cabello, sedoso, negro y ondeado, en sus manos tornátiles y reducidos pies dignos del cincel de Phidias, como en su boca de ángel que semejaba el temprano capullo de una rosa, entreabierto con el rocío de la noche y esponjándose con los primeros rayos del Sol.

¿Y qué diremos de la gracia inimitable de su andar voluptuoso y reposado? ¿Qué del timbre argentino de su voz armónica que se insinuaba en el alma y la hacía estremecerse de gozo y de embriaguez? ¿Qué de la expresión purísima y al par seductora de su mirada infantil, que si evocaba algún recuerdo amoroso alejaba de la mente todo pensamiento mundano, toda idea que tendiese a despojarla de su aureola divina?

Ángel en forma de mujer, al verla en el mes de abril cruzar los sábados a la tarde por la magnífica calle, que hoy llaman Veinticinco de mayo, vestida de celeste y blanco, dulces colores de nuestra bandera, para dirigirse a la Quinta de las Albacas, y volver con las primeras sombras del crepúsculo, deshojando por el camino los ramilletes de preciosas flores con que la habían abrumado sus numerosos adoradores, al verla subir y bajar por las pintorescas serrezuelas y quebradas que rodean a la ciudad, cualquiera hubiera creído, no que hollaba la tierra con su planta, sino que flotaba en el aire y se remontaba al cielo.

No era su belleza lo que más encantaba, no. Envolvíala una nube de idealismo, un perfume de castidad, suavísimo como el hálito aromado que se escapaba de sus labios de clavel, puro como el carmín de sus mejillas, más tersas que la piel del armiño o las hojas del jacarandá.

Su familia, los amigos de su casa, y hasta los extraños, la idolatraban. Su padre especialmente, que había visto morir uno tras otro a todos sus demás hijos, la quería con una especie de delirio. Los menores deseos de Lia eran para él órdenes que ejecutaba antes que los expresase; y acaso por esta circunstancia, su madre, injusta en demasía como suelen ser algunas madres, por espíritu de contradicción o envidia, nutría contra su hija sino resentimientos de severidad, que no bastaban a respirar el respeto, el cariño y las continuas demostraciones de aprecio que la prodigaba ella.

Pero aunque don Carlos Niser amase tanto a su hija, no por eso dejaba siempre de plegarse en último resultado a las caprichosas exigencias y al despotismo de su esposa. El buen anciano tenía un carácter harto débil, y la señora Petra, su consorte, era un demonio con faldas. Fea, murmuradora, intrigante, irascible, taimada, envidiosa, vengativa y maniática.

Lia tenía una afición loca por los bailes, y su madre la llevaba a todos. En vano trataba de oponerse don Carlos, manifestando que su salud y delicada complexión no podían soportar aquellas continuas noches de cansancio y locura. La colmilluda señora se reía con una risa especial suya, propia, característica, y le contestaba que no fuese aprensivo y necio, que se marchase a ojear sus mamotretos, a embrollar y a volver blanco lo negro, como buen abogado, y la dejase en paz, porque ella sabía demasiado bien lo que convenía a su queridita niña.

No es creíble que esta excelente señora llevase su perversidad hasta el extremo de allanar a su hija el camino de la muerte; pero sí estamos autorizados para pensar que su loca pasión al juego la cegaba, y deseosa de satisfacerla, acudía con ansia a todas partes, llevando consigo a Lia, más que por complacerla, por vanidad y por tener un pretexto que la disculpase a los ojos de su marido, que por hábito e ideas no asistía a ninguna tertulia y abominaba el juego.

Los temores del anciano no eran infundados. Lia, en cuyas venas corría la sangre andaluza mezclada con la americana, se moría por el baile, y como todas las criollas, era insaciable, y siempre estaba pronta a tender su preciosa mano al primer pisaverde que se le acercaba. Joven, hermosa, instruida, con natural ingenio, de carácter festivo y benévolo, rica y única heredera... ¿la dejarían alguna vez consumirse de tedio solitaria y olvidada en su silla?

¡Nunca! porque ella sabía todos los bailes antiguos y modernos, y los bailaba con una particular. En la sociedad escogida, contradanza, rigodones, gavotas, minuets, valses: en los de menos etiqueta o mejor dicho en los muy íntimos, entre sus deudos, o amigas por extravagancia, boleras, cielitos, mediacañas, y algunos otros inventados por el genio alegre de los americanos de todas las zonas aficionados a solazarse con amenos ejercicios corporales más de lo que sería conveniente.

Agradábanle sobre todo a Lia las boleras y el vals, y era digno de verse y admirarse su gracia y perfección en una y otra danza.

El erguido coronilla, de nuestros valles no inclina con más languidez su enhiesto tallo, el tímido caycobé no se repliega y esconde más pronto sus hojas al sentir el roce de una mano extraña, ni la serpiente de cascabel, persiguiendo al escuerzo, que se le escapa entre los raquíticos arbustos y tupida maleza de los pantanos, ondea, salta, vaga y gira con más velocidad; ni el indolente quetzal, en cuyas plumas se reflejan los colores del iris, entreabre sus alas con más abandono y se deja caer muellemente sobre la copa de los tamarindos en flor, como Lia resbalando sobre la alfombra, semejante a una ondina.

Entre el turbio vapor de ancha laguna.

Entonces no era la virgen pudorosa e inocente; era la amorosa odalisca, la ardiente bayadera del Indo, sedienta de placer, ebria de voluptuosidad y delirio. Sus bellos ojos, ora se cerraban a medias, ora se animaban de repente lanzando vívidos destellos; su pecho se levantaba y bajaba acelerado, se entreabrían sus labios purpúreos cual si mendigasen un ósculo de amor, y sus brazos, siguiendo las rápidas ondulaciones de su cuerpo, parecían invitar a algún amante invisible a arrojarse en ellos... hasta que rendida por la fatiga, trémula y palpitante, se detenía al estruendo de los aplausos en medio del salón, inclinando la frente con encantadora modestia, y se encaminaba paso a paso a su asiento sin alzar la cabeza, fingiendo no apercibirse del murmullo de admiración, de los elogios y de los bravos que resonaban a su alrededor.

Esa famosa bailarina a quien el público de Madrid tributa hoy tan espléndidas y merecidas ovaciones en el teatro de la Cruz; esa sílfide andaluza, que apenas aparece arranca tan estrepitosos aplausos y provoca con su gracia inimitable tan férvidas y espontáneas demostraciones de entusiasmo; la ideal, la bella, la encantadora Nena no es acogida por sus admiradores con más delirio y alborozo que Lia por la numerosa y escogida concurrencia que se agolpaba en torno de ella no bien se presentaba en cualquier reunión, suplicándola que la embelesase con alguno de sus bailes favoritos, en cambio de las flores y guirnaldas que llevaban de antemano para tapizar la alfombra donde estampase sus alados pies.

Triunfos eran estos que debían halagar el amor propio de la mujer menos vanidosa, y sin embargo, Lia no lo era. Más que los aplausos de los hombres, buscaba un desahogo a su naturaleza ardiente, ávida de transportes, amiga del bullicio y del movimiento. Cándida paloma del Edén, peregrino en la Tierra, que devoraba el espacio con la vista, y recordando sus perdidos jardines, necesitaba, para poder vivir en nuestro mundo prosaico animación, luz, aromas y armonías.

Pero está escrito que todo placer esconde en sí un germen de dolor; una espina envenenada que primero punza y luego convierte en cancerosa llaga la herida que ocasiona. Lia, cuya complexión era muy delicada, no pudo resistir a las violentas y repetidas emociones del baile. Empezó a resentirse del pecho, y juzgando que sería una ligera indisposición, en vez de declararlo a su madre, temerosa de que la privase de su diversión favorita, continuó bailando todas las noches con el mismo ardor, hasta que la fiebre vino a revelar el peligro que la amenazaba.

Consultados al punto los médicos, declararon que estaba afectada del pecho, y que presentándose su enfermedad con síntomas alarmantes, era indispensable enviarla sin pérdida de tiempo a tomar las aguas del Uruguay, aguas que no solo tienen una virtud particular para transmutar en piedra cuanto se arroja en ellas, si que también para curar sin el auxilio de otras medicinas varias enfermedades que no nos place, y otras muchas que no queremos enumerar.

Por desgracia en aquella época el padre de Lia estaba empeñado en un pleito de grande importancia que debía fallarse en breve, y no podía, por ningún pretexto, ausentarse de la capital.

En cuanto a la señora Petra, hablarla de salir de Montevideo era lo suficiente para granjearse su enemistad. ¡Ella! ¿Cambiar su residencia por la de una estancia? Figuraos la espantosa catadura de una de vuestras elegantes madrileñas, si la propusierais en el mes de enero irse a encerrar en un cortijo de Extremadura. Seguramente que os enviaría en sus adentros a los infiernos, o cuando menos juzgaría que os chanceabais, que estabais locos, o que os habéis excedido algo en el almuerzo o la comida.

Aquella cariñosa madre, protestando que la enfermedad de su hija era ocasionada por una cosa muy natural en las personas de su sexo al llegar a la pubertad, se negó rotundamente a acompañarla, y don Carlos, siempre complaciente y bonachón, por evitarse disgustos con su amable mitad, cuyo genio no era el más a propósito para las lides parlamentarias, porque al instante apelaba a las vías de hecho, expidió un chasque a una hermana suya que se hallaba en Paysandú casada con el comandante de aquel punto, para que, no bien recibiese su carta viniera a llevarse a Lia a la estancia de su esposo, la cual, como saben nuestros lectores solo distaba seis leguas de aquella ciudad.

La hermana, que profesaba a don Carlos un verdadero afecto fraternal, aunque de opiniones políticas contrarias a las suyas, se puso en marcha el mismo día que recibió su misiva, y antes de dos semanas se encontraba de vuelta en la estancia con su encantadora sobrina, que salió llorando de Montevideo, como llora un niño mimado cuando le arrebatan de las manos el arma con que puede inadvertidamente poner término a sus días.

Lloraba la pobre niña de tan buena gana, y se asomaba con tanta frecuencia a mirar desde la portezuela del coche, que volaba como una exhalación, las pardas torres de la Matriz y los mil blancos edificios que se extienden en anfiteatro a lo largo de la costa, que su tía doña Eugenia, enternecida de su dolor, no pudo menos de preguntarle:

—Vamos, Lia, ¿por qué lloras de esa manera? ¿Acaso has dejado allí una parte de tu corazón?

—No, señora —contestó ella con una candidez infantil, que no estaba exenta, de coquetería—: ¿había de querer a nadie estando comprometida? ¿No sabéis que dentro de poco voy a casarme?

—Es verdad... no me acordaba. ¿Y cuando vendrá tu futuro?

—No sé: papá me dijo el otro día que dentro de dos meses.

—¿Conque serás condesa?

—Sí, de Itapeby.

—Vamos, cuéntame eso —repuso doña Eugenia, fingiendo que nada sabía, a fin de que la inconsolable joven se distrajese refiriéndole lo que estaba cansada de saber, pero que juzgaba, como mujer de experiencia, que produciría en su imaginación el efecto de un tónico bastante eficaz para secar las lágrimas en sus ojos y hacer asomar la sonrisa a sus labios, pues siempre las que están próximas a trocar la guirnalda de azahar por otra de mirtos, aunque aparenten lo contrario, hablan y oyen hablar con placer de su futuro enlace, salvo en los casos en que éste se realiza contra su voluntad.

—El año pasado —dijo Lia—, vino a Montevideo mandando la división Río-Grandense el conde don Álvaro Abreu de Itapeby, pariente cercano de mi madre, y se hospedó en casa.

—Eso lo sé; adelante.

—A los pocos días, sin haberme dicho una palabra, pero con anuencia de mi madre, me pidió en casamiento, para más adelante, porque... pues...

—Comprendo —contestó la tía sonriéndose del embarazo de su sobrina.

Lia continuó:

—Mi padre, manifestándose agradecido al favor que nos dispensaba el conde, le insinuó que no pensaba contrariar nunca mi voluntad, y que si entonces, cuando estuviese, en estado de casarme, era yo gustosa, él no se opondría.

—¿Cómo? ¡Pues Petra me había escrito lo contrario!

—Escuchad: con este motivo, luego que se retiró don Álvaro, trabó mi madre un acalorado debate con papá, que contra su costumbre se mantuvo firme, y no quiso ceder. ¡Mi madre se incomodó mucho, muchísimo!... y estuvieron algunos días sin hablarse.

—Hija, ignoraba esos detalles —exclamó doña Eugenia, con creciente curiosidad—; ¡oh! Carlos es un babieca, un pobre hombre, y su mujer le maneja como a un chiquillo... Continúa, continúa...

—Una noche, al volver del teatro, mi madre me llamó a su cuarto, y después de besarme y acariciarme, cosa que nunca hacía, y repetirme en un largo y enfadoso sermón, ininteligible para mí, que la dicha se cifraba en las riquezas, que la mujer había nacido para ser la compañera del hombre, y que solo anhelaba mi bien y mi felicidad, me preguntó si me casaría con el conde.

Aquí se detuvo la candorosa Lia, quién sabe si de rubor o despecho, y se volvió para mirar por última vez la ciudad que se perdía en el horizonte lejano, bañada por la luz crepuscular. El carruaje bajaba la empinada cuesta del Cerrito.

—Y bien, ¿qué respondiste? —dijo su compañera, conociendo por el ligero sonrosado que asomaba en las mejillas de la narradora, que había llegado al punto difícil, al nudo gordiano de la cuestión.

—¿Yo? —preguntó Lia con aturdimiento—; ¿qué había de responder? Dije primero que no; y como mi madre, sin poder contenerse, levantase la mano para darme una bofetada, respondí enseguida más que deprisa: sí, sí, sí.

Doña Eugenia soltó una estrepitosa carcajada, y Lia imitó su ejemplo.

—Pero, mujer —añadió la primera cuando hubo pasado aquella mutua explosión de hilaridad—; ¿acaso es feo el conde?

—No, no es feo: al contrario, es un arrogante mozo.

—¿Y entonces?

—No sé, repuso la futura esposa, empujando con desdén hacia adelante el labio inferior, y encongiéndose de hombros; no sé... pero no me gusta.

—Pues yo conozco a su hermano don Nereo, que vive en nuestro pueblo, y te aseguro que es un joven recomendable bajo todos conceptos. Vamos, picarilla: tú tienes algunos amoríos; algún maniquí de rizadas melenas y voz melosa y enflautada te ha engatusado...

—¡Ya, ya! —repitió Lia en tono de burla golpeando con su piececito en la portezuela del coche—; me fastidian, me empalagan, me revientan los hombres de esa clase. ¡Jesús y qué tontos son! ¡Dios me libre de ellos!

—¿Será entonces algún poeta llorón y meditabundo, cuya sensibilidad, a prueba de caramelo, haya simpatizado la tuya?

—Ídem —contestó ella volviendo pausadamente la cabeza con aire de reina.

—¿Será por ventura alguno de los altos magnates que no ha mucho han llegado de Río de Janeiro?

—Ídem, ídem —murmuró la joven con más desdén todavía

—¡Ah, ya caigo!... —continuó doña Eugenia, cada vez más deseosa de arrancarle su secreto—. ¿Será algún joven patriota perseguido, uno de esos locos, estúpidos, ambiciosos que pretenden con un puñado de bandidos contrarrestar el poder colosal de nuestro amado monarca don Juan VI?

—No, tampoco —replicó tristemente la interesante enferma, como si la ofendiese a su pesar la manera de expresarse de su tía—: y no os canséis, señora, porque os juro por lo más sagrado que haya; que no he amado a nadie todavía.

—¿Y vas a casarte?

—Tantas cosas me ha dicho mi madre, y la tengo tanto miedo, que me resigno a ser tal vez desgraciada el resto de mi vida para evitar a mi querido y buen padre los males que le amenazan. Don Álvaro es muy poderoso, y sería capaz de todo por vengarse...

La conversación iba tomando un sesgo triste y enojoso, que no cuadraba con el objeto que se propusiera doña Eugenia al entablarla; y para cortarla, nada le pareció más oportuno que volver al tema que habían dejado.

—Pero no me has explicado aún cómo mi hermano otorgó su consentimiento.

—Mi madre hizo de modo que me interrogase un día, estando ella en acecho en la pieza inmediata, y yo repetí como una cotorra lo que me había enseñado. Papá, se mostró satisfecho, y en consecuencia, empeñó su palabra a don Álvaro de que le otorgaría mi mano, no bien estuviese en disposición de casarme.

—Y el galán, ¿qué tal? ¿Se mostró digno de esta prueba de aprecio y confianza que le dabas?

—Así, así... cuatro meses después partió para la corte con una misión especial del gobernador.

—¿Y ha escrito recientemente diciendo que volvería dentro de dos meses?

—Sí.

—Ya para entonces estarás restablecida y más hermosa que ahora —dijo doña Eugenia con dulzura al notar la sombría nube de tristeza que se difundió en el rostro de la pobre niña.

—¡Ah, querida tía! —exclamó ésta tomando sus manos y estrechándolas con efusión—; ¡plegue al cielo que se dilate ese momento cuanto sea posible!...

El carruaje se detuvo para mudar caballos, y la conversación se interrumpió. Por lo tanto, mientras se cambia el tiro, nosotros, que también estamos fatigados, suspenderemos nuestra narración imitando su ejemplo.

V. El yacaré

Trasladada con su tía a la estancia nuestra joven enferma, solo se ocupó en restablecerse lo más pronto posible para volver cuanto antes a la capital. Acostumbrada a vivir en el seno de los placeres, el campo, por más que la agradase, debía serle muy pronto insoportable.

Sin más sociedad que la de doña Eugenia y la mujer del capataz, los dos en el último tercio de su vida, y por consiguiente incapaces de adaptarse a sus ideas, a sus sentimientos y a su manera de ver y concebir las cosas, no era extraño que echase de menos a cada instante a sus jóvenes y bulliciosas amigas, a los festivos tertulianos que frecuentaban su casa.

Mediaba además otra circunstancia para que fuese más grande este vacío. Las dos señoras, que frisaban ya en los cuarenta y cinco abriles, eran frenéticas realistas, pertenecían al partido de los intrusos, e intolerantes hasta el exceso, no consentían que prevaleciese sobre el particular otra opinión que la suya, y Lia, hija de un hombre que se había distinguido entre los más decididos patriotas en la lucha contra España, simpatizaba ardientemente con los pocos orientales que, fieles a sus principios, se negaban a plegarse al yugo de los usurpadores, y rechazan con desdén las riquezas, las distinciones y honores que les brindaban en cambio de su apostasía.

El marido de doña Eugenia pertenecía al número de los que desde un principio, traicionando a sus amigos y abandonando vilmente al partido que los había sacado del polvo y dádoles importancia personal y valor político, se adhirieron al nuevo gobierno... Vileza que la corte de Río de Janeiro recompensó generosamente, como todos los gobiernos débiles y menguados, confiriéndole el mando, o sea la comandancia general del departamento de Paysandú. Los camaleones políticos en todas partes y en todos tiempos... el buen juicio del lector completará el período.

Ya hemos visto en el anterior capítulo cómo su esposa calificaba a los patriotas, sin acordarse que su propio hermano lo era. El diccionario de la maledicencia se agotaba en sus labios cuando se hablaba de ellos.

Lia, con su carácter franco, con su ingenuidad de niña, cuyo corazón simpático e imaginación de fuego se entusiasmaba por todo lo que era bello y noble en sí, no podía oír tranquila que se calumniase en su presencia a aquellos heroicos proscriptos, que, seguidos de un puñado de valientes, desnudos, sin armas, sin recursos, perseguidos en todas direcciones, sin más amparo que su fortaleza, sin más aliados que la desesperación, sin más esperanza que encontrar una muerte gloriosa en las lanzas de sus opresores, cuando no en un cadalso convertido en el lecho de su gloria, todavía hacían estremecer los desiertos y las ciudades, las montañas y las llanuras, los ríos y los bosques con su formidable grito de guerra:

—¡Libertad o muerte!

Las hazañas de los intrépidos guerrilleros llegaban en alas de la fama hasta la capital, magnificadas por la distancia, y engrandecidas por el misterio que los rodeaba. Tan pronto era un destacamento de mil hombres batidos por cien, como una división prisionera y pasada toda a cuchillo, o la toma de un pueblo, ora la sorpresa de un campamento. Luego, los vencedores desaparecían como por encanto, y no se volvía a hablar de ellos hasta que un nuevo rastro de valor, que rayaba en fabuloso, venía a esparcir la alarma y a poner en movimiento las numerosas tropas lusitanas y brasileñas desparramadas por todo el territorio y dueñas únicamente del suelo que pisaban.

Acaso creerán algunos que mentimos o exageramos; pero llegaron a infundirles tal espanto las partidas de montoneros, que huían de ellos los usurpadores al solo amago. Por regla general, no aceptaban el combate sino veinte contra uno.

De esta manera las filas de los patriotas se fueron engrosando, y a no ser por la mala inteligencia, y rivalidades de los jefes, es indudable que hubieran acabado con los intrusos, sin necesidad de refuerzo que más tarde les envió Buenos Aires.

Los hombres, egoístas y mezquinos por lo común, o si se quiere, más expuestos a comprometerse, guardaban una prudente reserva, esperando ver más despejado el horizonte; no así el bello sexo, que acogía con el mayor entusiasmo las noticias favorables a los rebeldes, las propalaba, mantenía correspondencia con ellos, y los proclamaba en voz alta beneméritos de la patria.

Entre estos caudillos, modelo casi todos de audacia y heroísmo, Amaro, bajo el nombre de Caramurú, ocupaba tal vez el primer lugar. Su fama se había extendido, no solo por los departamentos de Tacuarembó y Salto, teatro de sus primeros hechos de armas, si que también por las dos riberas del Plata y Estados limítrofes.

Los rumores que circulaban acerca de él eran muy extraños y contradictorios. Unos decían que era indio, otros mestizo o mulato, y no faltaba quien asegurase que era bastardo y que pertenecía a una distinguida familia de Río Grande; pero lo cierto es que todos ignoraban su verdadero origen, y solo sabían que era un gaucho, en toda la extensión de la palabra, que había despreciado por tres veces el grado de general y una crecida suma de dinero, que le prometió el gobierno portugués con tal que se sometiese, y que no pudiendo conseguirlo, había puesto a precio su cabeza ofreciendo 100 contos de reis al que se lo entregase muerto o vivo.

Lia había oído hablar muchas veces de aquel hombre extraordinario, y muchas veces se había llenado de entusiasmo y admiración al escuchar las cosas inauditas que se contaban de su arrojo, de su presencia de ánimo, de su indomable fiereza, de su desinterés, y del juramento que hiciera de sacrificar su vida en aras de la patria, o libertarla de sus opresores. Su viva imaginación se lo pintaba con los más halagüeños colores, y estaba persuadida que le conocería en cualquier parte que le viese y le distinguiría entre mil personas antes que le dijeran su nombre. Lisonjera ilusión que la realidad debía desvanecer muy pronto...

Como el médico le tenía recomendado el ejercicio por la mañana, se levantaba muy temprano, y se iba a pasear con un libro en la mano por las márgenes del río, que quedaba a unas quinientas varas de la casa.

Una vez, distraída con una novela que le interesaba en extremo, se alejó más que de costumbre, y sintiéndose fatigada, se sentó en el tronco de uno de los sauces que crecían a las orillas, y continuó su lectura sin acordarse de la prevención que la habían hecho de no encaminarse nunca por aquel lado, cubierto de tupidas enredaderas, juncos altísimos y espesos cañaverales.

Cuando más engolfada estaba, oyó a poca distancia un ruido seco y áspero, acompañado de un quejido lastimero que erizó sus cabellos y heló la sangre en sus venas. Estallaban las cañas huecas y se doblaban los crujientes juncos como si rodara por encima de ellos una pesada mole de bronce.

Lia, pálida y temblorosa, trayendo a la memoria las aterradoras palabras de precaución que había olvidado, dejó caer de las manos el libro, y clavó sus espantados ojos en el paraje de donde parecía venir el ruido, que iba en aumento.

Poco duró su incertidumbre; un grito desgarrador se escapó de su pecho, y sin saber lo que hacía, echó a correr, no para la estancia, sino en dirección a la selva.

Un enorme yacaré, anfibio, de la misma forma que el cocodrilo y tan feroz como él, seguía sus huellas, ora gimiendo como un niño, ora exhalando un sordo rugido, semejante al rechinamiento de una sierra cuando tropieza con un clavo a otro cuerpo que no puede partir.

Este ruido, indicio de la cólera del animal cuando se le escapa su presa, es ocasionado por el choque de sus mandíbulas, armadas de una triple hilera de dientes, tan afilados como los del tiburón.

A los clamores de Lia, un hombre que parecía venir de selva cerró espuelas a su caballo, y gritándole: «¡Corred a derecha e izquierda... serpeando!» sacó sin pararse un pañuelo, y se lo ató por los ojos a su corcel, como acostumbran los picadores cuando su rocín, no sabemos si de hambre o de flaqueza, se empeña en retroceder ante el toro.

La aparición, y sobre todo, la advertencia del desconocido, no pudo ser más oportuna. El yacaré ganaba terreno por instantes, y la joven, oyendo cada vez más cerca el rumor de sus escamas al arrastrarse por el suelo, y el chasquido de su gruesa cola que se movía a un lado y a otro como la pala de una canoa, sentía que se le agolpaba la sangre al corazón, que inundaba su frente un sudor frío, y que una rigidez mortal paralizaba sus miembros y derramaba en todo su cuerpo el hielo de la muerte.

—¡Corred a derecha e izquierda... serpeando! —repitió por segunda vez el desconocido, ya a cincuenta pasos, y haciendo girar por encima de su cabeza el arma de los gauchos, cuando quieren matar a un animal o a un hombre sin bajarse del caballo—; la terrible bola perdida.

Lia, al verle, hizo un postrer esfuerzo, y obedeció instintivamente a aquella voz vibrante y poderosa, que le infundía nuevo aliento, resonando en sus oídos como el eco de un ángel que bajase del cielo para salvarla.

Y la salvó en efecto, porque el yacaré, como todos los animales de su especie, corre con bastante rapidez en línea recta, pero teniendo que volver el cuerpo, es tardo y se le burla con facilidad variando al huir de dirección.

No obstante, Lia estaba tan fatigada, que probablemente habría sido víctima al fin del espantoso reptil, a no interponerse entre ella y él su libertador.

Pasó este a escape, y sin detenerse se inclinó y descargó un tremendo golpe en la cabeza del yacaré; pero la férrea bola, en vez de herirle en una de las concavidades de la frente, como pensó el gaucho, chocó en el capacete del cuello, y rechazada, resbaló a lo largo del espinazo.

Al mismo tiempo el caballo, volviéndose de pronto, olfateó al caimán, y acometido de un temblor nervioso, se replegó sobre sus cuartos traseros, crispadas las piernas delanteras, enhiesto el cuello, erguidas las orejas, erizada la crin, y aspirando y despidiendo el aire con un ardiente y prolongado resoplido, insensible a la espuela y aun a los golpes de bola que le descargaba el jinete, cual si hubiera echado raíces en la Tierra.

El yacaré, que estaba hambriento, fijó en él sus pequeños ojos de serpiente inyectados de sangre, se incorporó velozmente, y le clavó en el pecho sus dos garras, armada cada una de cinco puñales, porque no merecen otro nombre las aceradas púas que las defienden.

Caballo y caballero rodaron sobre la yerba: Lia dio un grito, alzó las manos al cielo, y cayó desmayada.

Entonces tuvo lugar una de aquellas escenas horrorosas que solo se ven en los bosques de América.

El caballo quedó muerto en el acto, y a esto debieron su salvación Lia y el desconocido. El terrible anfibio le había abierto en el pecho una ancha puerta, por donde salía un raudal de sangre, que él bebía ávidamente sin reparar en los dos desgraciados que, tendidos a veinte pasos, sin conocimiento el uno y atontecido el otro por la caída, habrían podido pasar de su letargo a la eternidad sin oponerle la menor resistencia.

Cuando el reptil se hartó de beber, metió su larga y aplastada cabeza por el pecho del caballo para devorarle las entrañas. El gaucho se levantó, y conceptuando inútil la bola perdida, vista la imposibilidad de herirle en la cabeza, se le fue acercando cautelosamente, y con mano firme y certera le escondió en la juntura de una de las patas delanteras la hoja de su puñal hasta el pomo, revolviéndosela dentro el breve instante que tardó el yacaré en sacar la cabeza de los encuentros del caballo.

El agresor, impasible y sereno, retrocedió dos pasos, y volvió a esgrimir la bola perdida.

Esta vez el golpe fue más certero: la metálica esfera se hundió toda en una de las concavidades de la frente, y los sesos del animal asomaron al través de la rasgada concha.

Iba el valiente gaucho a ultimarle con nuevos golpes, cuando el reptil comenzó a dar vueltas, desatentado y furioso, escarbando la tierra y arrojando sangre por la boca; de repente se detuvo, dio un rugido, acompañado de un fuerte sacudimiento, y agitándose con las ansias de la muerte, cayó de espaldas, encogió las patas, y expiró. Tenía partido el corazón.

El vencedor corrió donde estaba Lia desmayada, la tomó en sus brazos, y la contempló algunos minutos con el embeleso de una joven madre que acaba de salvar a su primer hijo de una enfermedad mortal.

Un pensamiento indigno del desconocido cruzó por su frente.

—¡Qué bella es! —murmuró—; intenciones me dan de llevármela...

Y giró la vista a su alrededor, como para cerciorarse de que estaban solos y podía impunemente realizar su intento.

—¡Pero es tan joven —continuó—, tan delicada... y su aire, su traje, todo indica que pertenece a otra clase muy distinta de la mía... y sin embargo!...

El gaucho la seguía mirando irresoluto y dudoso; por fin, se dijo:

—No, ¡sería una infamia!

Lia abrió los ojos, y al verse en los brazos de un hombre, al tropezar con sus miradas fascinantes y abrasadoras, por un involuntario impulso de pudor se cubrió el rostro con las manos, y trató de ponerse de pie.

Comprendió él su deseo, y se apresuró a satisfacerlo. Lia le dio las gracias, y después de informarse muy minuciosamente de los pormenores que ignoraba y preguntarle si estaba herido, le suplicó la acompañase a la estancia, por que deseaba presentarlo a su familia.

—Gracias, hermosa niña; mil gracias —contestó él tristemente—; y si de algún modo queréis recompensarme el corto servicio que he tenido la suerte de haceros, guardad el más profundo silencio acerca de nuestra aventura.

—¿Por qué? —preguntó Lia sorprendida.

—Por dos razones: la primera, porque os privarán en adelante de salir sola; y la segunda, porque no me conviene llamar aquí la atención de nadie.

—¿Seríais acaso uno de esos valientes que andan errantes y perseguidos por su noble amor al suelo que les vio nacer?

—Tal vez —respondió el interpelado, sonriéndose del calor y entusiasmo con que se expresaba la joven republicana.

—Pues entonces...

—¿Que?

—Veo que, tenéis razón; seguiré vuestro consejo.

—¿Y no vendréis a verme alguna vez?

—¿Por qué no? —repuso Lia con afabilidad—. Me habéis salvado la vida, y no soy ingrata... Además, el motivo que os obliga a ocultaros es un título que os hace más digno de mi aprecio...

Un relámpago de alegría iluminó el semblante varonil y melancólico del proscripto.

—¡Ah! —exclamó—; que no sea en esta, sino en otra parte del río. Este es un paraje muy peligroso, y no sé cómo os habéis atrevido...

—Me lo habían dicho —contestó Lia moviendo la cabeza— pero lo olvidé distraída con la lectura.

Y dándose un golpecito en la frente, sacó del seno un pequeño reloj del tamaño de medio duro embutido de perlas, y añadió con el infantil candor y ligereza de una niña:

—Ya son las diez y me estarán aguardando para almorzar... Con que hasta mañana, ¿eh?... No vaya a venir alguno y nos encuentre juntos.

El gaucho la acompañó en silencio, y cuando llegaron a los últimos cañaverales, se detuvo y estrechó y besó la mano que Lia le tendió con una sonrisa angelical y un afectuoso:

—Adiós: hasta mañana a las seis.

—¡Adiós! —respondió él, y siguió mirándola hasta que se perdió de vista en el pequeño declive que formaba la cuchilla sobre que estaba edificada la casa de la estancia.

—¡Qué hermosa, qué ingenua, qué inocente es! —decía él al retirarse, mientras ella por su parte añadía:

—¡Qué gallarda presencia y qué aspecto tan agradable tiene! ¡Qué valiente es! ¡Cuánto me gusta!... De buena gana le trocaría por mi insulso conde...

Y en verdad que no iba desacertada, porque Amaro, pues no era otro el personaje que ha figurado en todo este capítulo, aunque gaucho, valía mil veces mas, física y moralmente; que el egregio y elegante don Álvaro Abreu de Itapeby.

VI. Amor virgen

Esa noche por la vez primera de su vida huyó el sueño de los párpados de Lia. Extraños pensamientos se levantaban en su pecho; experimentaba el desasosiego y la inquietud febril que se apoderan de nosotros cuando un objeto nos preocupa fuertemente el ánimo. La imagen del desconocido la perseguía vagando en torno de ella: cerraba los ojos para no verla, y la sentía aproximarse y resbalar como un céfiro suave por sus sienes palpitantes...

Recordaba su aspecto melancólico y lleno de majestad, sus facciones varoniles, la expresión arrogante y avasalladora de su mirada, la proscripción que pesaba sobre él, y cada vez le encontraba más interesante; cada vez su ardorosa imaginación se empeñaba en rasgar con más ansia el misterioso velo que le envolvía.

—¿Quién era? ¿Qué esperaba? ¿Cuáles serían sus proyectos?

He aquí lo que ella se preguntaba mil veces sin hallar una respuesta satisfactoria a sus dudas; he aquí el enigma que se proponía, sin acertar a descifrarlo.

Y era que Lia, sin saberlo, había encontrado al hombre de sus ensueños, al tipo que reflejaba sus delirios e ilusiones de mujer; hombre antes que todo gallardo, intrépido, valiente, con aires de rey destronado, y perseguido por una noble causa, ¿qué más se necesitaba para insinuarse en el corazón y electrizar la fantasía de una tierna niña, entusiasta por las ideas democráticas, y harto propensa, como la generalidad de las mujeres, a impresionarse por todo lo que se presentaba a sus ojos con el irresistible prestigio de una verdadera superioridad física y moral?

¿Qué extraño era esto? Su alma, como la cuerda de un instrumento sonoro, que solo aguarda el arco que ha de hacerla vibrar, estaba predispuesta de antemano a favor de Amaro, y para comprenderlo solo esperaba una mirada suya que encendiese el fuego que en ella se escondía, un acento que sacudiese la fibras de su corazón, modulando suavemente su nombre.

Y lo mismo le sucedía al proscripto: habían nacido el uno para el otro; su alma era una sola, que la Providencia en sus juicios impenetrables había dividido en el cielo para que volviesen a unirse en la Tierra. Amaro no había amado a mujer alguna antes de conocer a Lia.

Por eso cuando la vio en sus brazos, la primera idea que se le ocurrió, el primer indomable y vehementísimo deseo que le asaltó, fue llevársela al fondo de los bosques, y allí de grado o por fuerza, conquistar su cariño sin abusar de su debilidad. Encerraba demasiada nobleza el alma del gaucho, y le conmovían demasiado los pocos años, la hermosura y la inocencia de Lia para cometer tal infamia.

¡Ah, no lo acuséis por su conducta, al parecer tan poco caballeresca! Vosotros, con vuestros hábitos e ideas europeas, difícilmente comprenderéis la primitiva espontaneidad del hombre de los desiertos, cuya enérgica voluntad no se ha plegado jamás a la de nadie; al hombre que obedece ciegamente a sus instintos, y que marcha de frente al fin que se propone, y se estrella contra los obstáculos o los anonada, sin buscar para ello extraviadas sendas o largos rodeos, como hacemos nosotros los hijos de la civilización.

Fue necesaria toda la nobleza de que era susceptible Amaro, y toda la juventud e inocencia de Lia, para que aquel no se dejase arrebatar de su primer impulso. Acción sobrehumana en el gaucho, y mucho más en el montonero, acostumbrado a imponer la ley a cuantos le rodeaban. Veamos ahora si tuvo motivos para arrepentirse de su noble proceder.

A la mañana siguiente, Lia, fiel a su palabra, acudió a la cita en el paraje convenido.

Aquella parte, como toda la margen del río, estaba cubierta de árboles y de un basto pajonal, que se extendía a la derecha de un radio de cuatro mil varas.

Difícilmente se concebiría una localidad más a propósito para una discusión erótica, o llámese de contrabando; al través de los árboles se veía desde lejos a los que cruzaban por los alrededores o venían de la estancia, los cuales necesitaban transponer la cuchilla, y en tanto el galán, la dama, o los dos juntos si así les conviniese, podían resguardarse de sus impertinentes miradas en el pajonal, aunque al entrar buscasen refugio en sus pantorrillas o brazos alguna araña descomunal, más negra que el hollín, algún alacrán, lagarto, gato de monte, perro cimarrón, tábano venenoso, hormiga ídem, víbora de coral, u otro inofensivo animalito por el estilo, de tantos como Dios crió en la Tierra americana sin duda para que sus habitantes aprendan prácticamente la historia natural.

Pero estos pequeños percances y otros que no mencionamos por no fastidiar al lector con digresiones inútiles, eran flores para Amaro, como para el protagonista de cierta comedia los silbidos arrullos, y los vituperios alabanzas. Lo que aquel buscaba era la seguridad de Lia, y que nadie pudiese sorprenderlos. ¿Qué importaba lo demás?... Él era quién había de esconderse en el pajonal, y ya sabría precaverse de las picaduras de los insectos y de las mordeduras de los cuadrúpedos y reptiles.

Cuando Lia llegó, encontrole apoyado contra el tronco de un tala, siguiendo con la vista la corriente de las cristalinas aguas, y tan abismado en sus tristes pensamientos, que no se apercibió de su aproximación.

—¡Amigo mío!... —dijo la joven con timidez.

El gaucho alzó rápidamente la cabeza, y se descubrió, preguntándola como había pasado la noche.

—No muy bien —contestó—; me he desvelado pensando en el yacaré. ¿Y vos?

Amaro se sonrió; pero guardó silencio.

—¿No queréis contestarme? Bien —añadió Lia, interpretando a su favor la sonrisa del proscripto.

—Pues yo tampoco he dormido... —dijo este después de un instante.

—¿Pensando en el yacaré?... —preguntó la joven encendida como una grana, temiendo y deseando que le respondiese lo que confusamente preveía.

—No: en un ángel que Dios me enviaba para librarme de la muerte.

Al pronunciar Amaro estas palabras, clavaba sus centelleantes ojos en los de Lia que inclinaba los suyos teñida la frente de púdico rubor y sin poder soportar la fulgurante radiación de su mirada.

Los dos bajo la impresión de una misma agradable idea, permanecieron en silencio algunos minutos. Por fin Lia se atrevió a romperle: su corazón latía con violencia.

—Amigo mío —le dijo con un timbre de voz que revelaba su profunda emoción—, ¿podré saber a quién tengo la dicha de deberle la vida?

Amaro la miró enternecido.

¡Ah! os interesáis por el desventurado proscripto, exclamó: tal vez cuando sepáis su nombre os cause horror...

—No: ¿por qué?...

—Porque mis enemigos, mis cobardes enemigos me han calumniado atribuyéndome los crímenes más atroces... ¡Villanos!... ¿No habéis oído nunca hablar de un indio, de un mestizo o mulato, renegado de nuestra santa religión, que tala los campos, incendia los pueblos, pasa a cuchillo a los prisioneros, no respeta el pudor de las mujeres, y hasta se atreve a profanar los templos y a poner sus impías manos en los ungidos del Señor?...

—Pero por Dios, ¿quién sois? —tornó a preguntar la joven con doble interés y curiosidad.

—¿Me juráis no huir de mí cuando os lo diga?

—¡Sí!

El gaucho se acercó a ella, giró la vista en torno suyo, y casi al oído, con voz apagada, murmuró:

—¡Me llamo Amaro, y los intrusos me apellidan... Satanás!

—¡¡¡Caramurú!!! —exclamó Lia con un grito de sorpresa, que Amaro creyó producido por el espanto; pero su recelo se desvaneció al punto, al ver la inefable delectación que bañó el rostro de la joven.

Lia, ebria de gozo, le miraba de arriba abajo con avidez, como si dudase de lo que veía. Aquel hombre, vivía en su imaginación hacía tiempo, y le profesaba ella ese afecto vago y misterioso que suelen inspirar los genios a sus admiradores.

Amaro, no sabiendo a que atribuir aquel escrupuloso examen, dijo sonriéndose.

—Sin duda, con los rumores que circulan acerca de mí estaríais persuadida que era un demonio en figura de hombre.

—Al contrario, muchas veces al oír hablar de vos me formé una idea que la realidad confirma, y me admiro únicamente de no haberos conocido desde el principio...

—¿Y ahora tendré derecho a preguntaros vuestro nombre? —añadió el gaucho.

—Me llamo Lia —contestó ella, callando intencionalmente su apellido.

Presentía que Amaro iba en breve a ser dueño de su corazón, y no quería que llegase a saber que estaba comprometida, y que este corazón tan puro y virginal ya no le pertenecía.

Un nuevo horizonte de felicidad se descorría ante sus ojos, y fuese admiración, entusiasmo, gratitud o amor, el deseo de conquistar su aprecio y cariño se despertaba en su alma, vehemente e irresistible. Hasta entonces había visto, sin comprenderlas, las miradas abrasadoras de los hombres, y escuchado sus alabanzas con la más completa indiferencia. Ahora las tiernas miradas del proscripto la llenaban de una dulce agitación, y sus lisonjeras palabras dilataban su pecho y henchían su alma de placer.

La hora de separarse llegó pronto, más pronto de lo que ellos desearan.

Para los dichosos, el tiempo no corre, sino que vuela, Amaro estrechó dulcemente la mano de Lia, y creyendo inútil encargarle la mayor reserva sobre el secreto que acababa de confiar a su amor, se contentó con rogarla que no faltase al día siguiente.

—No, no faltaré —contestó ella, retirando la mano que su libertador se olvidaba de soltar.

Amaro tomó el camino de la selva y ella el de la estancia; pero a los pocos pasos volvieron ambos a un tiempo la cabeza, y se saludaron con la sonrisa en los labios, casualidad que se verificó más de una vez, y que solo se explica por ese magnetismo, o sea doble vista del amor, que adivina los movimientos e ideas de la persona amada aun cuando estén separados por largas distancias.

—Ella me amará —se dijo Amaro al sorprender una de aquellas miradas furtivas de la hermosa, que se alejaba repitiéndose llena de rubor y orgullo:

—¡Él me ama!...

Lia, con el instinto propio de las mujeres, había conocido, a pesar de su inexperiencia, lo que su futuro amante no había hecho más que vislumbrar. Él vacilaba apelando al porvenir: ella medía de una ojeada el tesoro de pasión que escondía el pecho del proscripto, y se decía apoderándose de él:

—¡Ya es mío!

De este modo continuaron viéndose por espacio de tres semanas: al cabo de este tiempo Amaro declaró su amor a Lia, y oyó de sus labios la ingenua confesión de que era correspondido, y que antes de conocerle por ningún hombre había sentido lo que por él.

Entonces mediaron explicaciones muy dolorosas para ambos. Lia le declaró, firme en su plan de ocultar la verdad, que era hija de un comerciante de Guadalupe; y como él, al saber que era amado, le manifestase su intención de ir a verle para pedirla en matrimonio, la pobre niña, arrepintiéndose demasiado tarde de su mentira, pensó descubrir la verdad para disuadirle de su intento.

—Has de saber —le dijo bañada en llanto—, que mi padre ha empeñado su palabra de honor y ha ofrecido mi mano a otro hombre...

—¡Dime su nombre, su nombre!... —repitió el gaucho con reconcentrada ira.

Lia leyó en sus ojos la sentencia de muerte del desgraciado cuyo nombre pronunciaran sus labios.

—Es un primo mío —contestó fríamente—, y harías muy mal en matarle, porque yo no le quiero.

—Pero te casarás o te casarán con él —continuó Amaro en el mismo tono.

—¡Jamás!... ¡Tuya, o de Dios!... —replicó Lia con un acento tan veraz y arrojándole una mirada tan llena de ternura y sublime resignación, que su amante no pudo menos de creerla.

Otros quince días transcurrieron, como quince minutos. Lia guardó su secreto, y Amaro, empeñado en dar cima a sus planes de preparar una sublevación general en el departamento, lo esperó todo del porvenir y del sincero afecto de su amada. Sus ilusiones no debían durar mucho.

Una mañana se presentó Lia llorosa y abatida: la tarde anterior había recibido una carta de su padre en que le anunciaba que estaría en la estancia dentro de cuatro días, para llevársela a Montevideo, ya que felizmente se hallaba restablecida del todo. Y no era esto lo peor, sino que añadía a renglón seguido que don Álvaro, el odioso conde, había vuelto de Río de Janeiro y tendría el gusto de acompañarle, junto con su madre, que solo por esta circunstancia había podido resolverse a salir de la capital.

Lia estrujó la carta entre sus manos, la rasgó en mil pedazos, y maldijo la hora y el momento en que se había tomado aquella resolución.

—¿Qué tienes, alma mía? —le dijo tiernamente Amaro al verla tan triste.

—¡Ay! ha llegado el momento de separarnos —respondió ella deshaciéndose en lágrimas.

—¿Separarnos?... ¡Jamás! —replicó su amante con fiereza—; ¿quién, quién en el mundo puede separarnos?

—Mi padre, que vendrá dentro de cuatro días.

—¡Ah, tu padre!...

El proscripto inclinó la cabeza sobre el pecho como abrumado por el tropel de ideas que afluían en torbellino a su mente. Los rizos de su larga cabellera, agitados por el viento de la mañana, ondeaban sobre su rostro como un espeso velo que recatase su mortal angustia, mientras ella con palabras entrecortadas por el llanto, procuraba en vano disipar su pena.

—¡Amor mío! —le decía—... créeme por lo que más ames en la Tierra... ni nada ni nadie me harán ser infiel a mis juramentos!... Mi corazón, mi vida, mi alma son tuyos... y antes que pertenecer a otro, dejaría de existir... ¡Sin ti nada quiero... ni la gloria eterna!

Amaro, al oírla, se estremeció, semejante a un corcel guerrero cuando escucha el estrépito de los tambores, atabales y clarines que dan la señal de acometer, y alzando rápidamente la cabeza, se echó atrás con ambas manos sus ondeantes cabellos, y exclamó:

—Lia, ¿me amas?

—¿Si te amo?... ¡No!... ¡Te adoro, te idolatro! —contestó ella con toda la vehemencia y pasión de que es susceptible una mujer locamente enamorada.

—Pues si me amas —añadió él acentuando las palabras—, ¡es preciso que lo abandones todo por mí!

—Te seguiré —respondió la inexperta niña sin saber lo que decía; pero apercibiéndose al punto de la gravedad de su compromiso, añadió sollozando—: ¡Ah! ¡no puedo... no puedo, no!... Mi padre... mi pobre padre se moriría de pena!

—Tienes razón —contestó fríamente el gaucho en ademán de retirarse, y enternecido a su pesar por las lágrimas de Lia—; tienes razón. Al fin yo no soy otra cosa que un despreciable gaucho sin Dios ni ley, como decís vosotros los de la ciudad, y tú eres rica, hermosa y de elevada cuna...¡Conmigo serías muy desgraciada! ¿Que podría yo brindarte, en cambio de la felicidad que me sacrificarías?... ¡Nada!... Nada, Lia; solo un nombre, infamado, y la miseria, los azares, los contratiempos y penalidades de mi borrascosa existencia... ¡Adiós! ¡Él te haga tan dichosa como yo deseo! Si alguna vez oyes decir que he muerto, no derrames ni una lágrima por mi memoria. Olvida para siempre al desventurado proscripto. ¡Adiós!

—¡No, no te irás! —exclamó Lia asegurándole de un brazo.

Amaro volvió el rostro, y entonces Lia pudo notar dos gruesas lágrimas que rodaban a lo largo de sus mejillas. Aquel hombre terrible, a quien llamaban sus enemigos Satanás, acaso por la vez primera sentía humedecidos sus ojos el llanto.

—¡Adiós! —tornó a repetir, insensible a los ruegos de su amante.

—Te seguiré, ingrato; te seguiré... haré lo que quieras —dijo Lia estrechándole ciega entre sus brazos.

—Reflexiónalo bien.

—La infamia, el deshonor, la muerte, ¡todo lo acepto por ti!

Los labios del gaucho estamparon el primer beso en la púdica frente de su amada.

—No: de hoy en adelante, eres mi esposa; no faltará quien bendiga nuestro enlace: yo conquistaré gloria y riquezas para ti. Algún día se ha de eclipsar la negra estrella que me persigue: entre tanto el desierto es grande, y en él encontrarás siempre una choza donde guarecerte y servidores fieles que te acaten como a su reina. ¿Ves ese dilatado bosque que se pierde de vista, donde nadie se atreve a penetrar temiendo a las fieras que en él se esconden? Pues allí, allí hay más de cuatrocientos montoneros, que solo esperan una palabra mía para alzar el estandarte de la rebelión en este punto; pero todavía no ha sonado la hora de recomenzar la lucha... Somos muy pocos y no tenemos ni armas, ni pólvora, ni balas... Allí vivirás hasta que caiga el odiado pendón portugués de los muros de Paysandú, y ondee en su lugar la bandera azul y blanca.

Una vez resuelta Lia, concertaron el modo de llevar a cabo su evasión, la cual no podía verificarse sino de noche, porque antes de llegar al bosque tenían que atravesar un gran trecho ocupado por los rebaños de la estancia, y podían ser detenidos o vistos por los peones que los guardaban; y a Amaro en aquella circunstancia le interesaba, como había indicado antes, no despertar la más leve sospecha, y mucho menos dar margen con una imprudencia semejante a que entrasen en la selva buscando a Lia y descubriesen a sus amigos.

Convinieron, pues, en que ella ganaría al esclavo que cuidaba de las puertas, para que cerrase una en falso a fin de que pudiese salir a medianoche, al oír la señal acordada que era el canto de Aguará, y aplazaron su ejecución para dos días después.

Pero no bien se separó Lia de Amaro, no bien la fría calma de la reflexión sucedió al vértigo febril de las pasiones, y se vio libre de la avasalladora e incontrastable fascinación que aquel hombre ejercía en todo su ser, Lia retrocedió ante las consecuencias de su extravío, se arrepintió de su debilidad, recordó enternecida la desesperación de su buen padre que tanto la quería, y después de una obstinada lucha entre su amor y su deber, en la que triunfó por fin éste, se propuso engañar a su amante con plausibles pretextos hasta la llegada de don Carlos...

Hemos visto en el capítulo primero cómo la agreste impetuosidad del gaucho desbarató sus planes, y cómo, a pesar de sus buenos deseos, a pesar de su heroica resistencia hasta el último momento, fue robada de la estancia de su tía y conducida... ¿donde?... el título del siguiente capítulo os lo está diciendo.

VII. La guarida de Amaro

El brillante lucero precursor de la mañana, como la primera centella de un volcán que ilumina la cúspide de la montaña que le sirve de base, trepaba de cuchilla en cuchilla, dejando en pos de sí un rastro luminoso, cuando Lia y su raptor penetraban en el bosque.

El fresco ambiente de la noche y el rápido movimiento del caballo despertaron a la hermosa de su letargo. Los latidos de su corazón se confundían con los de su amante, y más de una vez los cabellos de este, flotando a merced del viento, rozaban sus mejillas y garganta.

Amaro la llamaba por su nombre, la estrechaba contra su pecho, y prodigándole las más tiernas expresiones de cariño, procuraba hacerla volver en sí. ¡Empeño inútil! Lia, aunque despierta, permanecía con los ojos cerrados sin responder a sus apasionadas palabras.

Encontrábase en una de esas mil situaciones en que la razón es impotente para hacernos superiores al sentimiento que nos domina, por más que pretendamos vencerlo, conociendo el perjuicio y los males que va a ocasionarnos. Lia, arrancada violentamente de su hogar, obligada contra su voluntad a sellar con el baldón de la infamia las venerables canas de su padre, hubiera deseado tener la entereza suficiente para echar en cara a Amaro su desleal proceder, y rogarle que la dejase libre o la matase, pues prefería la muerte a envenenar la existencia del autor de sus días, y exponerle además a la venganza de don Álvaro, y acaso, acaso verse luego abandonada por el mismo que deshojaría la flor de su honestidad en cuanto quisiera, porque ella, inexperta y candorosa niña, que le amaba con todas las fuerzas de su alma, ni sabría ni podría resistirle; pero una voz más fuerte se levantaba de su pecho en favor del proscripto.

—Él te ama —le decía—; él te adora; su conducta es hija de su violenta pasión, de los celos y de la certidumbre de perderte. Confía en su palabra: no será tan vil que abuse de tu debilidad y de tus pocos años. Serás su esposa, no su concubina, y cuando luzcan días mejores, tu padre que tanto te quiere, te perdonará el haberte unido sin su consentimiento al primero de los libertadores de su patria.

Así raciocinaba Lia, sujeta ya a la fascinadora influencia de su raptor, cuyas dulces protestas escuchaba en tanto con el mismo embeleso que Eva las palabras de la serpiente. ¡Ay! ¡Es tan difícil a una mujer amante y amada no perdonar los arrebatos que su beldad inspira! ¡Es tan difícil en los primeros albores de la vida, cuando la felicidad nos ha sonreído desde la cuna, no verlo todo al través de un prisma encantador!

¿Cómo comprenderá un alma virgen, que no ha bebido aún en la amarga copa de la experiencia, que tras ese cielo de purísimo azul, que admiran sus ojos, se oculta la tempestad y el rayo? ¿Cómo querrá creer que las aves de rapiña, o aleves cazadores, acechan a esos hermosos e inofensivos pajarillos, que, saltando de rama en rama, la encantan con sus gorjeos? ¿Cómo le asaltará la idea de que bajo ese manto de verdura que cubre el suelo bordado de mil flores, a cual más bella y fragante, se arrastran ponzoñosos reptiles o inmundos insectos, que se nutren y forman su veneno de ellas? ¿Cómo se imaginará, en fin, que el caudaloso río, que corre impetuoso a confundirse con el mar, agotado por los ardores del estío, se convertirá en fétido pantano?

Los fugaces temores de Lia se desvanecieron, y si no la alegría, la confianza volvió a su pecho. Si algún triste recuerdo involuntario, si alguna idea fatigosa, si algún fatal presentimiento venían a intervalos a preocupar su espíritu, ante la radiante llama de su amor, recuerdos tristes, ideas penosas, fatales presentimientos, depurábanse variando de forma y de color, como varían de forma y de color en el laboratorio de un alquimista varios fragmentos de metal, reducidos al estado de fusión, y trocados en una sola masa compacta y brillante.

La marcha más lenta del caballo, que en breve caminó al paso, y el ruido de las ramas, indicaron a Lia que entraban en el bosque.

—No había en él senda alguna: el corcel, guiado por el instinto, se abría camino por entre los arbustos, enredaderas y plantas parásitas que ligan unos árboles con otros, y forman un muro de verdura bastante espeso para que no se distingan dos personas a una vara de distancia.

A medida que adelantaban, la selva se hacía más impenetrable, el caballo retrocedía frecuentemente; tomaba a la derecha, luego a la izquierda, metía la cabeza entre los matorrales, husmeaba la yerba, y así, variando a cada momento de dirección, anduvo como dos leguas, hasta que llegó a una especie de pradera en medio del bosque, formada recientemente por el incendio de los árboles y de la maleza, cuyas cenizas cubrían todavía el suelo como una capa de menuda arena.

El caballo tomó el trote lleno de alegría, y Amaro respiró tranquilo. Hasta entonces el sobresalto de tropezar con alguna de las muchas fieras que también tenían allí su guarida, le habían hecho temblar más de una vez, no por él, sino por su compañera, que ignorante del riesgo que corría, continuaba con los ojos cerrados, como si estuviese desmayada.

Un prolongado y confuso alarido, tan lúgubre como espantoso, resonó a lo lejos, semejante al estruendo de una gigantesca mole que se desploma de una montaña, rodando de roca en roca, y rompiéndose en pedazos al chocar contra ellas. Diríase, en medio de la soledad y pavoroso silencio que allí reinaba, que se había abierto la Tierra, y los demonios, presididos por Satanás, acudían en tropel a celebrar algún diabólico festín.

Mil voces, o más bien aullidos distintos, formaban una algarabía verdaderamente infernal. Lia, trémula y azorada, se abrazó fuertemente al cuello de su amante, encomendándose a todos los santos del cielo.

Amaro se sonrió, y tomando el galope, la dijo:

—No te asustes, ángel mío; son los mastines de mis montoneros que me han sentido... ya están aquí; míralos.

Un centenar de perros, la mayor parte barcinos, y algunos casi tan grandes como los de Terranova, aunque más flacos y desnudos del abundante vellón que adorna a aquellos, salían a su encuentro aullando y ladrando a la vez.

Silbó el gaucho tres veces, llamó a algunos por su nombre, y reconociéndole ellos, cesó al punto su atronador clamoreo, y se le acercaron en tumulto meneando la cola y dando saltos de alegría.

—¡Míralos, alma mía —añadió Amaro riendo del pueril temor de Lia, que temblaba como una hoja—; míralos qué bonitos son!

—Serán muy bonitos, pero me dan miedo —contestó ella sin volver la cabeza y siempre abrazada a su cuello.

En efecto, aquellos animales, aunque domesticados, además de ser muy feos, tienen algo de selvático y feroz que impone, debido sin duda al oficio que desempeñan cerca de sus amos. Son sus guardadores, sus centinelas de noche y de día: sin su auxilio sería imposible vivir en nuestros bosques. Al menor descuido, los salvajes, un tigre u otro animal cualquiera sorprenderían al que osase internarse en ellos. No así cuando una buena traílla defiende la localidad que ocupan los que por su oficio, como los leñadores, o por necesidad, como los que andan ocultos, escogen para fijar su residencia a veces por largos años.

A los ladridos de los perros salieron de sus ranchos unos cuatrocientos gauchos blancos, negros, indios y mestizos acompañados de algunas mujeres.

Eran los montoneros de Amaro, los emigrados de Tacuarembó y Salto.

La mayor parte estaban casi desnudos: apenas un claripá de jerga o un raído vichará cubría sus miembros ennegrecidos por el Sol y por la pólvora; pero en su porte altivo, en su arrogante mirada, en la satisfacción que demostraban al inclinarse delante de su jefe, se conocía que eran voluntarios y que soportaban con gusto las penalidades y la miseria a trueque de alcanzar con su constancia más tarde o más temprano el premio de sus afanes, el triunfo de la noble causa que defendían con tanto arrojo como tenacidad.

Lia contemplaba con asombro aquellos rostros varoniles, tostados por el Sol y por los cierzos, aquellas miradas fijas e imponentes, aquellas crinadas cabelleras, aquellas anchas espaldas y levantados pechos, señalados algunos por el sable y las balas de los iberos y lusitanos, o por las flechas y las lanzas de los infieles, y se admiraba interiormente del respeto y del gozo con que recibían a su amante. Mucho debía valer este, en muy alto concepto de esforzado debían tenerle, muy grande, muy legítima y digna debía ser su fama, para que tales hombres reconociesen su superioridad, le prestasen obediencia, abandonasen sus hogares por seguirle, y aceptasen la proscripción, el exterminio que pesaba sobre los que militaban bajo las banderas de los montoneros.

Amaro se apeó, entregó el caballo al que estaba más inmediato, atravesó en silencio por medio de ellos, y se dirigió con su amada a un rancho que quedaba en el centro y que sobresalía entre los cuarenta o cincuenta que formaban aquella errante colonia, como descuella el camalote entre las algas y plantas marinas que las corrientes y remolinos arrancan del fondo de un río.

Este rancho estaba adornado con todo el lujo que el desierto permitía, y sin embargo, no había allí nada que recordase a la elegante montevidiana la esplendidez de la casa paterna. Las paredes eran de barro y cañas; el techo de forma angular, de una paja larga y compacta, llamada lolora: la puerta se componía del cuero seco de un novillo. No cubrían el suelo ricos tapices de Persia, sino frescas hojas de laurel, yerba mora y salsafrás entremezcladas con el aromático trébol y la odorosa gramilla. En vez de cuadros, flores silvestres colocadas en toscos jarrones de tierra. Un grueso tronco, cubierto con la piel de un leopardo, servía de mesa; el de una palmera de sofá, y otros menores de butacas, todos resguardados por magníficas y variadas pieles. En fin, una preciosa hamaca, tejida con las plumas, de las aves más estimadas por su brillo y hermoso colorido, arrollada y pendiente a falta de clavos, de la cornamenta de un venado, ofrecía un cómodo lecho al que quisiera extenderla de una pared a otro para descansar en ella.

Lia inventarió de una ojeada el menaje de su nueva habitación, y fuese por la novedad, o bien porque su imaginación revistiese con un barniz de magnificencia la poética sencillez de aquella morada, no hizo gesto alguno por el cual se pudiese inferir que algo la desagradaba; pero cuando notó, encima de lo que llamaremos mesa, varios libros, un costurero pequeño, un escritorio, un estuche para la boca y otros utensilios de señora, comprados en Paisandú por Amaro, se sintió agradablemente conmovida por esta delicada previsión de su amante, y le dio las gracias con una de esas miradas que solo pueden lanzar los ojos de una mujer bella y enamorada.

—Lia, ahora que nadie puede separarnos —dijo su amante, aprovechando la favorable disposición de ánimo en que se encontraba ella—, quiero no disculparme, sino pedirte perdón por mi brutal arrebato.

La joven no contestó.

—Sí, perdóname, mi encanto, porque solo el amor, el ardiente ¡ciego amor que te profeso!, pudo prestarme fuerzas para amenazarte de ese modo. ¿Crees tú, por ventura, que si me hubieras dicho no, amándote, como te amo, ángel mío, crees tú que hubiera sido capaz de asesinarte?

—¡Quién sabe! —murmuró Lia—: antes me habías dicho que quisieras verme primero muerta que en brazos de otro.

—Pero... considera...

—No, Amaro; has sido injusto; has dudado de mí: no me has creído bastante fuerte para resistir a la voluntad de mis padres, y por eso...

—¡No! —exclamó él interrumpiéndola—: me habías empeñado solemnemente tu palabra y creí, acostumbrado como estoy a que nadie me falte nunca, a ella, creí que tenía ya sobre ti los derechos de un esposo.

—¿Qué dices? —preguntó Lia palideciendo.

Amaro la vio apoyarse sobre la mesa, y notó la palidez que oscurecía el carmín de sus mejillas. Comprendió el alcance de la frase que acababa de soltar, y como la había dicho sin segunda intención, procuró enmendar su falta, añadiendo con veraz y rendido acento:

—Ahora y siempre liaré lo que tú quieras. Manda, dispone, ordena... pídeme hasta la vida, y me atravesaré el pecho a tus pies por oírte decir: «¡Estoy contenta!».

Tan apasionada protesta, pronunciada con la vehemencia de un amante que anhela justificarse, bastó para que la bella ofendida le absolviese generosamente de su anterior indiscreta alusión.

—Te perdono, Amaro, y acepto con gusto el porvenir, bueno o adverso, que a tu lado me reserve el destino... Solo espero de tu lealtad que un sacerdote bendiga nuestra unión.

—Será mañana mismo si quieres...

—¿Dónde?

—Aquí.

—¡Ah, no! —repuso Lia como recelosa y turbada por la precipitación de su amante—; es preciso que sea en una ciudad, en un pueblo, en un paraje donde todos lo sepan y llegue a noticia de mi familia.

—Procuraré complacerte —respondió el gaucho vacilando.

—Empéñame tu palabra de honor, júrame que así lo harás —añadió Lia llena de angustia.

Amaro, haciendo un penoso esfuerzo, contestó con voz pausada y grave:

—¡Te lo juro!...

Y sin aguardar respuesta, cubriose el rostro con el poncho, y salió del rancho para devorar sin testigos su aguda pena.

Imaginábase el desgraciado que Lia no le amaba, o si le amaba era muy tibiamente, cuando desconfiaba de él y se empeñaba con sus pueriles temores en levantar una barrera que en largo tiempo no podría él salvar, y acaso moriría antes de conseguirlo.

Juzgando a Lia por sus propias ideas, con su despreocupación y soberano desprecio a la opinión ajena, no alcanzaba a comprender sus fundados escrúpulos.

—Si me amase —se decía—, todo lo olvidaría por mí, me lo sacrificaría todo. Yo sería para ella cuanto existe en el mundo...

Dominado por este pensamiento, resolvió inquirir si eran ciertas o no sus dudas, y para ello, aprovechando la circunstancia de tener que ir a Paysandú con el objeto de solicitar de Abreu algunos fondos, se valió de un ardid, al que muchas veces apelan los amantes que desean experimentar la constancia de su adorada; fingiéndose indiferentes, y alejándose de ellas el tiempo necesario para poner a prueba su fidelidad. La ausencia es la piedra de toque de los enamorados.

Esa misma tarde pasó a su antigua morada, convertida ahora en retrete de Lia, y después de informarse si había descansado y si necesitaba algo, le insinuó que se veía obligado a ausentarse por algunos días.

—Así estarás más tranquila —añadió, observando con encubierta avidez la impresión que sus palabras producían en su amante—; conviene, por ahora, que estemos juntos lo menos posible...

—¿Y adónde vas? —preguntó ella con voz trémula y húmedos los ojos, por dos lágrimas, que, a pesar de sus esfuerzos para contenerlas, enturbiaban el claro resplandor de su mirada, pugnando por escaparse de sus párpados—. ¿Adónde vas?

—¡Lejos, muy lejos! —replicó Amaro.

—¡Por Dios, vuelve pronto, pronto! y sobre todo, amor mío, no expongas tu vida, no vayas a desafiar los peligros únicamente por el placer de aumentar tu fama... ¡Ah! Si acaso soy yo la causa de esa resolución, perdóname el mal que involuntariamente he podido ocasionarte, y no me dejes, Amaro mío, no me dejes... quédate aquí... yo te exijo.

Iba a decir de tu juramento; pero la voz expiró en su garganta, y ardientes lágrimas empaparon su rostro.

Amaro empezaba a enternecerse, y como no quería variar de resolución, manifestola en pocas palabras que un asunto indispensable le llamaba a Paysandú; pero que volvería tan pronto como lo evacuase.

Había pensado, en efecto, ver al señor de Itapeby y pedirle prestado algún dinero para proveer de armas y vestuario a sus montoneros. Su mala estrella quiso que, al pasar por la pulpería, oyese las palabras del enchalecador, el cual, estando en relaciones con una mestiza de la estancia, se hallaba oculto entre unos cardales la noche del rapto, y le había conocido cuando cruzó a escape con Lia dirigiéndose al bosque.

Sobre el resultado que esto produjo, y lo que después aconteció en casa del comerciante, excusamos insistir habiéndolo consignado detenidamente en los capítulos segundo y tercero.

A ellos remitiremos al lector olvidadizo, suplicándole recuerde el pacto y las condiciones del gaucho y la formal promesa de Abreu de darle los 100.000 patacones de la apuesta siempre que le trajese un parejero capaz de vencer al renombrado Atahualpa.

VIII. El Tubichá

No ha muchos años existía en nuestro país una esforzada tribu, aunque pequeña, la más belicosa e indómita del Plata, y acaso de toda la América, inclusos los célebres araucanos.

Esta tribu era la de los charrúas, quienes figuran en primera línea desde los primeros tiempos de la conquista, y han vertido ellos solos más sangre ibera que los ejércitos de los Incas y Moctezuma, si hemos de creer a Azara.

Por espacio de tres siglos disputaron palmo a palmo su territorio a los españoles y a sus descendientes, combatiendo con indomable constancia hasta hundirse en la tumba.

Su lucha empezó con Solís, a quién devoraron en una isla frente a la Colonia (1515), y concluyó en el primer tercio de este siglo (1833), siendo exterminados en una celada por el general Rivera, en las cabeceras del Cuarehim y del Ibirapitámini.

Encerrados en la confluencia de los dos ríos, es fama que no escaparon veinte individuos, y que fueron inmolados sin piedad hombres, niños y mujeres.

Sus depredaciones, el estado de continua alarma en que tenían a la campaña, a pesar de su reducido número, pues no llegaban a mil; su atroz perfidia con don Bernabé Rivera, hermano del general, joven de altas esperanzas, a quien asesinaron con su comitiva, y otros muchos atentados, hicieron necesaria esta medida, inicua si se quiere, pero disculpable hasta cierto punto, tratándose de unos hombres tan crueles y tan pérfidos como los charrúas.

Su carácter dominante era un odio profundo contra los cristianos, cualquiera que fuese su procedencia, lo mismo a los españoles que a sus descendientes; pero obligados a defenderse también de otras parcialidades con quienes estaban

en perpetua guerra, solían entablar con los primeros negociaciones de paz, que rompían con insigne mala fe en cuanto
pasaba el peligro.

Sus aduares eran el refugio de todos los que por sus deli-
tos, o por huir de la esclavitud, vagaban por los bosques. El
que quería ingresar en su tribu se presentaba al Tubichá, esto
es, al jefe superior, al cacique de los caciques, acompañado
de algún truchimán que le servía de padrino, y exponía en
breves razones el motivo por el cual andaba errante, y su
firme intención de separarse para siempre de los perversos y
traidores cristianos, y consagrarse en cuerpo y alma al servicio de la gente más valerosa, más valiente e ilustre que existía
debajo de las estrellas.

El cacique convocaba a los ancianos y les proponía la ad-
misión del catecúmeno, el cual, si tenía la desgracia de ser
rechazado por ellos, considerándole sospechoso o espía, era
degollado en el acto junto con su acompañante.

Una vez admitido en la tribu, renegaba de su religión y
adoptaba el traje, los ritos y las costumbres de los salvajes;
se le daba otro nombre, y por vía de ensayo se le sometía a
distintas pruebas, de las que no siempre salía victorioso,

Algunos de estos aventureros, dotados de una inteligencia
muy superior a la de los indios, y de un temple de alma a
propósito para granjearse su aprecio halagando sus ruines
instintos, secundando sus planes de exterminio y vandalis-
mo, y encendiéndoles en ferocidad si era posible, al cabo de
algunos años adquirían tal prestigio y consideración entre
ellos que los capitanejos los elegían para el mando supremo
a la muerte del Tubichá.

En la época que abraza nuestra historia, un mulato liberto
mandaba la tribu de los charrúas.

Escapado de la estancia en que trabajaba, sita en la campaña de Tucumán, por el asesinato del capataz, ideado y dirigido por él en unión con varios esclavos, a fin de apoderarse de una crecida suma de dinero, producto de la venta de cincuenta mil cueros, emigró a la Banda Oriental con sus cómplices, para de allí trasladarse al Brasil, donde esperaban gozar impunemente el fruto de su crimen.

Sorprendidos al atravesar el Yaguaron, por una partida de facinerosos, se resistieron a entregarles la ropa y las armas que aquellos les exigían, y los que no murieron peleando, se refugiaron a un monte inmediato, donde estaban acampados los charrúas.

Presos y conducidos a presencia del Tubichá, llevose éste sin hablar la mano abierta a la garganta, indicando que los degollasen.

Había entre las concubinas del cacique una Zamba, su favorita a la sazón, que conocía al mulato por haber tenido relaciones amorosas con él en una de las estancias próximas a la suya, antes de caer prisionera con sus amos, viniendo de viaje para San Carlos.

Conociole al pasar por delante de su tienda, y ordenando a los que le conducían que se detuviesen corrió al Tubichá, bañada en llanto, y le rogó que le perdonase, porque era su hermano.

Creyola cándidamente el buen indio, y accedió a su deseo con las condiciones antedichas. Alentada ella, quiso salvar igualmente a los demás; pero no pudo conseguirlo. El mulato que era de perversa índole, audaz, desalmado, y que no carecía de talento, adquirió en breve inmensa popularidad entre los salvajes, y cuando se creyó con bastante prestigio para disputar el poder a los afamados capitanejos, de acuerdo con su antigua querida, al retirarse de una malocca, en la que fueron rechazados con pérdidas considerables y perseguidos por algunas leguas, en medio de la confusión pasó por detrás con su lanza de parte a parte al viejo cacique.

Hecha la elección del nuevo jefe, previas las formalidades de costumbre, el asesino fue proclamado Tubichá casi por unanimidad.

El nombre de Tapalquem, el del brazo de hierro, que le habían dado los indios al recibirle en sus filas, se hizo muy pronto sinónimo de todo lo más malo que imaginarse puede.

Ahora bien, Tapalquem tenía el caballo que Amaro iba a buscar, y lo que es más extraño, Tapalquem, el asesino, el incendiario, el bárbaro y feroz cacique que todo lo llevaba a sangre y fuego, aquel cuyo nombre pronunciado de noche en la cocina de una estancia hacía estremecer y erizar los cabellos de horror a la numerosa concurrencia, que sentada en ancha rueda en torno del hogar, saboreando el líquido de aromática yerba mate, desleída con agua hirviendo en una pequeña calabaza que pasa de mano en mano, oía embelesado el relato de las increíbles aventuras, patrañas y mentiras de los que tenían la palabra... Tapalquem respetaba y quería a Amaro, y le había ofrecido por varias ocasiones el apoyo de sus ochocientos jinetes. Oferta que el orgulloso jefe de los montoneros había despreciado siempre, creyendo degradar su noble causa aliándose con aquellos beduinos, a quienes después de la victoria ni sus mismos caudillos eran capaces de impedir que se entregasen al saqueo, a la violencia, al pillaje, a la embriaguez y demás excesos que son consiguientes.

Sus relaciones databan de muy antiguo. Viajando Amaro por la provincia de Buenos Aires acompañado de otros tres gauchos, llegó una tarde a una estancia, y como es costumbre, se acercó a la casa a pedir posada por aquella noche, en los momentos que cuatro vigorosos negros estaban amarrando a una ventana, para azotarle, a un esclavo que había osado levantar la mano contra el capataz. Audacia inaudita por la cual las leyes antes de 1810 autorizaban al amo para quitar la vida a sus siervos.

—¡Te he de matar a azotes, perro mulato! —decía el capataz furioso, blandiendo un enorme zurriago.

Amaro y sus compañeros descendieron de sus cabalgaduras, y entraron en el patio donde tenía lugar la escena referida.

La serenidad del esclavo contrastaba con la cólera del administrador, que, lívido de ira, descargaba sendos latigazos sobre los negros para que anduviesen más listos; y tan ciego estaba, que en vez de responder como debía a las urbanas frases con que el primero le pidió hospitalidad para él y sus amigos, contestó a gritos con palabras obscenas y en extremo ofensivas.

—¡No hay posada; idos a los infiernos! ¡Esta casa no es guarida de vagos ni de ladrones!

Los tres gauchos echaron a un tiempo mano a sus puñales, y bien cara habría pagado el insolente su grosería, si Amaro, siempre generoso y noble, no los hubiera detenido diciéndoles:

—Yo he sido el principal agraviado; dejadme que le exija la satisfacción y le imponga el castigo que merece.

El capataz se dirigió a la puerta para llamar a los peones; pero más rápido el gaucho, le cogió por el cuello de la veste y le arrojó a diez varas en medio del patio, como arroja un niño una pelota o una varilla de mimbre.

—Si levantáis la voz —le dijo clavando en él su terrible y avasalladora mirada—; si dais un solo grito, os degüello lo mismo que a un ternero.

El miserable comenzó a temblar como un azogado, y tartamudeando soltó algunas palabras vagas, ininteligibles, sin enlace ni conexión; por último, pudo hablar, se arrodilló, y pidió perdón a los agraviados.

Amaro, sin responderle, se encogió de hombros, se acercó al mulato, y cortó con su puñal el maneador, que lo sujetaba a las rejas de la ventana...

—Ya eres libre —le dijo—: anda y toma el primer caballo que encuentres ensillado para venirte con nosotros.

El esclavo cayó de hinojos, hiriendo el suelo con la frente, y puso sus labios en las blancas botas de potro de su libertador.

—¡Paisano! ¡paisano!... —exclamó el capataz, luchando con el miedo que le infundían sus huéspedes y el temor de perder al esclavo—; considerad por piedad que soy un desgraciado, que nada tengo, y me veré obligado a satisfacer su valor.

—¡Miserable! ¿Y no querías matarle a azotes?

—Es verdad; mas...

—Mas entonces —continuó Amaro con creciente indignación—; te habrías escudado con las leyes, o para evitar indagaciones, habrías dicho que había muerto de enfermedad.

—Considerad que tengo cuatro hijos...

El gaucho le echó una mirada de desprecio.

—¿Cuánto vale? —preguntó.

—Cuatrocientos pesos; ni un cinquiño menos... os puedo mostrar la carta de venta.

—Veamos esa carta.

Corrió el capataz a una pieza inmediata, seguido de su interlocutor, y sacó de un pequeño escritorio un legajo de papeles, los hojeó, y como tardase intencionalmente en encontrar el que buscaba, sin duda para dar tiempo a que viniesen algunos de los peones que estaban a la sazón en la matanza, Amaro se los arrebató de las manos, diciéndole con un ceño y un metal de voz que le hizo estremecer de los pies a la cabeza:

—Andad con tiento porque ya se me va acabando la paciencia.

Enseguida desdobló la escritura, y le ordenó que extendiese debajo el recibo de la cantidad expresada.

El capataz vaciló; Amaro levantose tranquilamente el poncho, y llevó la mano a uno de los bolsillos del tirador; creyó el primero que iba a sacar el puñal, y exclamó hablando y escribiendo a toda prisa:

—¡Por Dios, amigo mío; por Dios! Tened más calma... voy a concluir ¿A nombre de quién pongo el traspaso?

—A nombre del propio esclavo.

Los gauchos y los negros, que desde el patio presenciaban esta cómica escena, se reían, los primeros abiertamente, y los otros en sus adentros, de la pusilanimidad de aquel hombre que tenía fama en toda la comarca por su crueldad desmedida con los esclavos sujetos a su dominio, y ahora se mostraba tan menguado, tan cobarde y rastrero.

Cuando hubo firmado, Amaro llamó al mulato, que volvía de cumplir sus órdenes, y le entregó la escritura.

El administrador, cabizbajo y contrito, los acompañó hasta la puerta donde estaban los cinco caballos, los vio montar, y no atreviéndose a reclamar de nuevo directamente el pago de los 400 pesos, comenzó a lamentarse de las muchas pérdidas que había sufrido aquel año, y dijo:

—Espero de vuestra generosidad que... si os es posible y esto no ocasiona ningún perjuicio de consideración... tan pronto como os lo permitan las circunstancias... os dignaréis remitirme... si no toda, al menos una parte de la cantidad que tendré que abonar de mis sueldos, ¡ay de mí!

El gaucho, sin mirarle a la cara, le tiró a los pies una bolsilla de cuero que había sacado en vez del arma que aquel se imaginó y partió a galope, seguido de sus compañeros.

Recogiola fríamente el administrador, figurándose que sería alguna nueva burla; pero ¿cuál sería su sorpresa al encontrarse con veintidós flamantes medallas de Carlos III, en las que se leía la encantadora leyenda de don Félix Utroque?...

Imposibilitados por este motivo de dormir en la estancia, hicieron noche en un villorro que distaba cuatro leguas.

Al día siguiente, antes de partir, Amaro, que se dirigía a la capital; indicó al mulato que hiciera lo que mejor le pareciese, porque era enteramente libre.

Quiso este en prueba de su gratitud quedarse a su servicio; pero el generoso gaucho le dio las gracias, diciéndole que no le necesitaba, y le aconsejó que se fuese a trabajar y procurase con su laboriosidad y buena conducta captarse la voluntad de sus futuros patrones, para que, a la vuelta de algunos años le habilitasen.

En consecuencia, su protegido enderezó el rumbo a Tucumán, donde, abusando muy pronto de su libertad, perpetró el crimen de que hemos hablado, que le obligó a huir de aquel país y le arrojó entre los charrúas, abriéndole un nuevo crimen el camino de la fortuna.

Sin entrar en los anteriores detalles no se comprendería a la verdad la ilimitada confianza del proscripto en el afecto que le profesaba Tapalquem. Un servicio de tal magnitud, bien merecía para un corazón agradecido, no el préstamo, sino el regalo del mejor caballo, por grande que fuese su valor.

No obstante, a pesar del sincero agradecimiento del cacique y de su empeño en complacerle, fue necesaria toda su buena voluntad y el arrojo e intrepidez de ambos para conseguir una cosa al parecer tan sencilla. Diremos dos palabras sobre esto, para la mejor inteligencia de lo que vamos a exponer enseguida.

Los indios, como los árabes y los tártaros y todos los pueblos nómades, aprecian en extremo sus corceles, sobre todo a los que despuntan por su belleza y agilidad.

Existen sobre este particular mil preocupaciones entre ellos, que si no temiéramos fastidiar al lector con digresiones inoportunas, las enumeraríamos, seguros de que tal vez le divertirían por lo raras y extravagantes...

La tribu que tiene buenos caballos, en su concepto no puede ser cobarde: el mejor bridón pertenece de derecho al cacique, y en él se vincula el honor y la gloria de la parcialidad que capitanea: perderlo en la batalla o de otro modo, es señal de mal agüero, presagio de calamidades y desgracias para la tribu.

Veamos ahora de qué medio se valió Amaro para arrancar a los charrúas su famoso parejero, y si los peligros a que se expuso valían los 100.000 patacones que debían recompensar su audacia.

IX. Añang

El tubichá recibió a Amaro con las más ardientes muestras de aprecio y deferencia, e hizo con él lo que no hacía con nadie: se puso de pie, y se sacó el triple rodete de plumas, símbolo de su dignidad, que cubría su cabeza, acción que llenó de escándalo a los viejos caciques.

Su descontento se aumentó al ver que Tapalquem les ordenaba retirarse para hablar a solas con el huinca.

—¿Qué queréis, señor? ¿Puedo seros útil en algo? preguntole no bien se alejaron aquellos, con la afabilidad del que desea que lo ocupen.

—Sí; vengo a pedirte prestado tu célebre parejero por ocho días.

—¿Daiman? —preguntó el mulato con angustia.

—Daiman.

—¡Ah! Pedidme todos mis demás caballos, dinero, mujeres, todo lo que queráis... pero ese caballo... ¡ira de Dios!... ese caballo no puedo dároslo.

—Entonces nada he dicho y me retiro.

Amaro se encaminó a la puerta con la sonrisa del desprecio en los labios y el fuego de la indignación en los airados ojos.

—Oid —le dijo Tapalquem.

Volviose el jefe de los montoneros, y le miró frente a frente con toda la arrogancia de que él era capaz, o inmóvil, esperó dos minutos a que hablase.

—Aun cuando yo quisiera prestarme a vuestros deseos, sería exponeros a una muerte casi segura permitir que os llevaseis a Daiman, pues...

El gaucho, sin aguardar a que concluyese la frase, le volvió las espaldas, y pisó el umbral.

—¡Caramurú! —gritó el cacique apretando y mordiéndose los puños hasta hacerse sangre—; si otro hombre fuera el que se atreviese a inferirme tal agravio, le mandaría cortar la lengua y arrojársela a mis ñandúes.

El jefe de los montoneros por única respuesta se atusó el bigote, y le miró con la calma insultante del que desprecia las amenazas de un inferior suyo, y ni siquiera le hace el honor de contestarle.

—Aunque mi poder es ilimitado —continuó Tapalquem—, los charrúas no verían tranquilos que un cristiano se llevase su mejor caballo, el caballo de su tubichá, al vencedor de los más célebres parejeros del Río de la Plata...

El gaucho meneó la cabeza impaciente.

—¡Oíd, con mil rayos! se me ocurre un medio que tal vez surta el efecto apetecido. Deseo serviros a todo trance.

Esta promesa desarrugó la faz sombría de Amaro, que se adelantó al medio de la tienda dispuesto a escucharle.

—Permaneced aquí hasta las dos de la mañana.

—¿Me llevaré a Daiman?

—Lo espero.

—¿Sí, o no?

—Hombre, sí; suceda lo que Dios o el diablo quiera.

—No esperaba menos de tu generosidad —repuso el gaucho, radiante el rostro de alegría y tendiéndole afectuosamente la mano.

—Os debo la vida, y quiero probaros lo que os he repetido mil veces. Soy vuestro en cuerpo y alma.

El mulato se acercó a la puerta de la tienda, y tocó un silbato que llevaba al cuello.

Un indio se presentó.

—Que venga al momento Yictabicay —dijo. Y volviéndose a Amaro, añadió—: Por fortuna entendéis el idioma de estos bárbaros, y vais a convenceros de que obro con toda lealtad.

Una india vieja y de deforme aspecto, cuya pequeña estatura estaba compensaba por una obesidad monstruosa, apareció en el umbral y se detuvo hasta que el tubichá, con un gesto imperativo, la indicó que pasara adelante.

Era esta la hechicera de la tribu. Venía cubierta con una grosera manta de lana, y traía al cuello un collar de dientes humanos: cerdosos y enmarañados cabellos coronaban su aplastada frente; sus pequeños ojos de fuina, desnudos de párpados, desaparecían en sus órbitas amoratadas, hundidas y cavernosas; su gruesa nariz, chata como la del tigre, y sus abultados labios prolongándose hasta cerca de las mandíbulas, carnosas y vueltas hacia afuera, dejaban entrever unos dientes largos, puntiagudos y separados. La piel de un gato montés servíale de delantal, y en sus sienes, muñecas y tobillos ostentaba con orgullo una triple sarta de cascabeles, petrificaciones y cuentas de colores que producían un ruido agradable aunque monótono siempre que se movía. Por último, faltábanle, como a muchos de sus compatriotas, en los dedos de los pies y de las manos algunas falanges, pues los charrúas acostumbraban cortarse una cada vez que se les moría algún deudo o persona muy estimada.

—Te he mandado llamar Yictabicay —dijo el cacique—, para que hoy mismo anuncies que has visto a Añang, que lo has visto, ¿entiendes? y que esta noche vendrá.

La india miró a hurtadillas al cristiano, y movió la cabeza con gravedad.

—Ahora te irás al monte, y no volverás hasta bien entrada la noche. Ya sabes tu obligación; tenlo preparado todo. Yo iré a tu tienda, y te avisaré cuándo has de anunciar la llegada de Añang. Toma.

El cacique sacó dos cartuchos de pólvora, y se los dio, prometiéndole un buen premio si le servía con la fidelidad y el acierto que otras veces.

—¿Me darás aguardiente, mucho, mucho? —preguntó la india con estúpido alborozo.

—Lo suficiente para que te emborraches cuatro días.

La hechicera exhaló un aullido de alegría, y haciendo contorsiones y gestos, dio una vuelta por la tienda, ejecutando una pantomima cuya significación comprendió Amaro perfectamente. Representaba el espanto que se apoderaba de ella a la vista del espíritu maligno; y salió, tarareando una canción en renglones cortos más bien que versos, cuyo estribillo era:

> ¡Anoche, anoche he visto a Añang!
> Añang va a venir: ¡ay del que agarre!

Los indios acudían en tumulto y corrían tras ella al oír este cántico, precursor generalmente de alguna calamidad.

—¿Habéis oído? —se decían unos a otros llenos de congoja—. ¿Habéis oído a Yictabicay? Anoche vino Añang, y hoy volverá. ¿Cuál será la causa?

En breve la tribu entera se puso en conmoción, y la embaucadora se vio rodeada de un enjambre de hombres, niños y mujeres, cuyas facciones, horribles en su estado natural, descompuestas ahora por el terror y la curiosidad, parecían de demonios más bien que de seres humanos.

La vieja estrechada por la multitud, tomó la palabra y les dijo con misterioso acento, y como horrorizada de lo mismo que contaba:

—Anoche, hijos míos; anoche Añang vino a mi tienda, y tomando por las cuatro puntas el cuero en que dormía, me hizo voltear por el aire como una bola.

Una exclamación general de espanto cubrió la voz de la oradora.

—Por fin, me arrojó furioso contra el suelo, y poniéndome el pie en la garganta, me dijo: «Tú no velas por tu tribu, Yictabicay. Los enemigos la amenazan. ¡Mañana nos veremos!». Y desapareció, dejando en la tierra donde apoyó su planta una faja de fuego, y en el aire un olor de azufre que mareaba.

Levantose entre los salvajes un sordo murmullo que, aumentándose por grados como los mugidos de un volcán a medida que se aproxima la lava al cráter, estalló en un solo grito:

—¡Tú eres adivina; dinos la causa de su venida!

—Todavía la ignoro...

—¡Mentira!

—Voy al bosque a consultar a los espíritus...

—¡Mentira! La causa es la llegada del huinca —dijo uno de los caciques, antiguo rival de Tapalquem, y que no desperdiciaba ninguna ocasión para desconceptuarle.

—¡Sí, sí! —repitieron en coro otras cien voces, iluminados los que la proferían por una suposición que, según sus creencias, tenía todos los visos de la realidad.

—¡Que muera el huinca; que muera! —gritaron otros sin hacer caso de las amonestaciones de la hechicera y dirigiéndose a la tienda del Tubichá, capitaneados por el cacique, causa de aquel motín.

A los gritos de ¡muera el huinca y los que le defiendan! los dos caudillos que hablaban muy tranquilos concertando los medios de llevar a cabo su arriesgado intento, se pusieron de pie, resuelto el uno a vender cara su vida, y el otro a sucumbir primero que ver menoscabada en lo más mínimo su autoridad.

Tapalquem se armó de un acerado machete, y colocándose en la puerta se preparó a arengar a su grey rebelde, mientras Amaro, cediendo a sus ruegos, se retiraba a un lado para no excitar más el encono de los indios con su presencia.

—¿Qué queréis? —preguntó aquel con voz tremenda y amenazadora—; ¿qué significan esos gritos insidiosos? ¡Locos, ladrones, hijos del diablo! ¿Cómo os atrevéis a venir así a la tienda de vuestro Tubichá?

—¡Muera el huinca! ¡Muera el huinca! —tornaron a repetir los salvajes.

—¡Ea, retiraos!

—Tapalquem —dijo el cacique, que de motu-propio, y con la idea de destronar al mulato se había puesto al frente de la rebelión—; entréganos al cristiano para que le matemos, a fin de aplacar a Añang...

—Ven a sacarle de aquí si te atreves, Bagüal —respondió Tapalquem blandiendo el machete.

—¡Ea, muchachos, adelante! —gritó el indio precipitándose al umbral, seguido únicamente de veinte o treinta de los más fanáticos; los restantes, intimidados por el conocido valor y el aspecto imponente de su jefe, permanecieron quietos.

El mulato levantó el brazo y dejó caer su terrible machete.

La ensangrentada cabeza del cacique rebelde rodó por el suelo separada de su tronco.

Y rápido como una flecha, antes que los sublevados se recobrasen del pánico que semejante rasgo de audacia los infundiera, precipitose en medio de ellos, descargando mandobles a derecha e izquierda; lo cual aunque no duró arriba de diez minutos, fue el tiempo suficiente para bajar un hombro a este, hendir el cráneo a aquel, abrir el pocho a uno, tronchar un brazo a otro y herir a ocho o diez.

Los amotinados se dispersaron como una bandada de torcaces al avistar a un carancho, o como un enjambre de gaviotas disputándose la sangre de un toro recién muerto, al aproximarse el desollador que viene a descuartizarle.

Entonces el mulato, para contrarrestar el daño que los descontentos podían ocasionarle entre los que se habían conservado neutrales, hizo a estos una corta arenga, manifestándoles que el huinca era nada menos que delegado del gobierno de Montevideo, el cual pensaba enviarles, celebrada la paz, doscientas pipas de aguardiente, cien fardos de paños y bayetas, y cincuenta cajas de bisutería.

No recibirían con tanto placer los fabricantes catalanes una ley en favor de la tan cacareada cuestión de aranceles, como los charrúas las halagüeñas palabras de Tapalquem. A trueque de embriagarse diariamente por espacio de un par de semanas, renovar sus raídos ponchos y chamales, y tener alhajas ricas para sus mujeres y queridas, no les parecía ya tan temible la cólera de Añang. Así fue que se alejaron dando vivas al huinca y al gran Tubichá que lo mandaba.

—Vamos, por ahora todo se ha acabado felizmente —dijo Tapalquem entrando en la tienda—: me he deshecho de ese tunante que no hacía más que intrigar y tenderme ocultos lazos pero, ¡ay! Amaro, nuestro negocio se complica. Conociendo vuestra valentía excuso preveniros que, si nos sale mal, nos asesinan estos bárbaros al momento.

—Moriremos matando —contestó el gaucho con la más glacial indiferencia.

La noche desplomó sus sombras sobre el mundo. Los indios se retiraron a sus tiendas, excepto los que estaban de guardia y los que cuidaban del potrero.

El campamento quedó en profundo silencio. Todos dormían, menos Amaro, Tapalquem y la hechicera.

A las dos de la mañana se ocultó la Luna: los cien jinetes que recorrían el campo fueron reemplazados por otros, que se dividieron en cuatro pelotones tomando cada uno, según la costumbre de los salvajes, una dirección contraria, al Norte, al Sur, al Oriente y al Occidente, para reunirse luego en un punto dado.

No bien sintió el Tubichá que se alejaban, dijo al proscripto:

—Llegó el momento decisivo. ¡Ahora!

Amaro desnudó el puñal, estrechó la mano de su compañero, y salió marchando de puntillas, prestando el oído a cada paso, deteniéndose y resguardándose a espaldas de las tiendas al menor rumor que percibía.

Detrás de él caminaba el mulato, armado con su machete y mirando a todas partes.

Aunque la tienda de Yictabicay distaba cincuenta pasos, tardaron media hora en llegar a ella. Entraron.

Tendió el gaucho la mano temiendo caer en la oscuridad, y tropezó con otra mano que le arrastraba al fondo de la tienda. Sintió que le quitaban el sombrero, el poncho y el chiripá; que lo envolvían las piernas y brazos con largas tiras de cuero de lobo, que le echaban encima un manteo, formado con dos pieles de tigre con un cinturón de colas de mono y de yegua, y que le acomodaban en la cabeza un enorme cucurucho de piel de carnero, del cual pendía una especie de antifaz o careta, también de cuero, que le ocultaba enteramente el rostro.

—En verdad, debo parecer el mismo diablo —pensaba él a medida que le iban endosando las distintas piezas de aquel peregrino traje.

Cuando la vieja, ayudada de Tapalquem, concluyó su tocado, el del cacique y el suyo propio, comenzó a exhalar unos
quejidos tan lúgubres y lastimeros, que toda la tribu despertó
azorada.

De repente un resplandor brillante iluminó la tienda, y
una bocanada de negro humo se escapó por sus hendiduras,
arrojando fuera al genio de mal, al terrible Añang.

Los salvajes, al verle, lanzaron un espantoso grito, y cayeron de hinojos, hiriendo el suelo con la frente.

—¡Déjanos! ¡Déjanos! ¡Vete, vete; llévate lo que quieras o
a quien quieras, y déjanos en paz! —murmuraban temblando
de miedo, y sin atreverse a abrir los ojos.

El gaucho, imitando el rugido de la pantera, cruzó lentamente por en medio de ellos, seguido del Tubichá y de Yictabicay; el primero ladraba como un perro, y la segunda mugía
como un toro.

Los tres se encaminaron al potrero.

Los indios que guardaban los caballos, al verlos que se
dirigían hacia allí, echaron a correr con la pasmosa celeridad
que presta el espanto.

Adelantose el mulato, y llamó a su parejero.

El corcel, después de vacilar un momento, se le acercó reconociendo su voz.

Su amo le cogió la cabeza y lo besó con el transporte de un
amante a su querida; luego le pasó dos veces la mano por sus
largas y ondeantes crines, le palmoteó suavemente, y por fin,
no sin soltar más de un suspiro, púsole el freno que llevaba
oculto debajo de su disfraz de demonio.

Amaro tomó las riendas y parte de la crin con la siniestra
mano, apoyó la diestra en el anca, y de un brinco se encara-
mó encima del noble animal.

—¡Adiós, Daiman, adiós! —murmuró Tapalquem con las lágrimas en los ojos—. ¡Adiós, Amaro! Solo por vos podía yo hacer este sacrificio...

—Gracias. Conserva este recuerdo mío, más bien que como precio de tu inestimable caballo, como una débil muestra de mi aprecio y gratitud —dijo el jefe de los montoneros dándole su puñal de vaina de plata y cabo de oro, que había comprado en Paysandú con el dinero de Abreu—: Adiós. Si alguna vez me necesitas, acude a mí.

Y cerró piernas a su indómito alazán, que partió como un rayo, tomando el mismo rumbo que traía la columna de salvajes que vigilaba aquella parte del campo, y que acudía alarmada por los gritos lejanos que se oían del campamento.

—¡Añang, Añang! —exclamaron los indios, huyendo en dispersión no bien le divisaron, mientras él seguía tranquilamente su camino, y Tapalquem y la hechicera se escondían en un pajonal cercano para volver a sus tiendas cuando todos durmiesen.

X. Vértigo

El rey del día brillaba en medio del zenit, lanzando a plomo sus ardientes rayos; no se movían las hojas de los árboles, ni murmuraba el césped, ni gorjeaban los pajarillos, ni el zéfiro más leve rizaba las tranquilas aguas de los dormidos arroyuelos.

Los rebaños tendidos sobre la yerba parecían aguardar a que pasasen aquellas horas de abrumante calor; solo interrumpía el majestuoso silencio de vez en cuando el áspero zumbido del mangangá, el rechinante y monótono canto de las chicharras, el vuelo de una perdiz, el mugido de un toro acosado por las picaduras de los tábanos, el silbido de una serpiente, el grito de las viscachas, o el relincho de alguna yegua salvaje que cruzaba a escape por las empinadas lomas, perseguida por ocho o diez potros, tendida al viento la crin, encendidos los ojos, las narices humeantes, bañada en sudor, cubierta la boca de blanquísima espuma, despidiendo coces y dentelladas a los que osaban acercarse a ella y detenerla, clavándole los dientes en las ancas o en el cuello ensangrentado...

Las incultas florecillas se inclinaban lánguidamente sobre su tallo o se adherían a la seca tierra; los arbustos encogían sus hojas, mustias y cubiertas por una capa de finísimo polvo, y los cardales, doblando sus floridos penachos, los escondían entre el follaje, cual si temieran que el Sol marchitara sus brillantes colores.

Anchas nubes de peregrina forma, esmaltadas de oro y plata, ora agrupadas e inmóviles en el confín del horizonte, ora dispersas y resbalando perezosamente por la azulada esfera, se detenían ondeando como lágrimas de metal en la cumbre de los montes. Diríase que eran monstruos aéreos, cuyas ardientes bocas, al arrojar su aliento de fuego, producían la atmósfera tibia y recargada de electricidad que se respiraba a la sazón.

Y aunque la brisa no agitaba sus alas, aunque no se movía ni una hoja siquiera, venían por momentos ráfagas impregnadas de los más suaves perfumes. Emanación purísima de las selvas vírgenes del Nuevo Mundo, en la que se confundía el aroma de las rosas, violetas y claveles, con la esencia de los nardos, jazmines y diamelas, mezcladas con la del ambiente de mil gomas y resinas olorosas, de mil plantas aromáticas, de mil arbustos y vegetales, cuya exquisita fragancia embriagaba los sentidos y extasiaba el alma...

Muelle abandono, lángido y dulcísimo desmayo se infiltra en las venas del viajero que recorre en tal estación y a tales horas aquellas risueñas campiñas, donde Dios estampó su planta para volar al cielo después de formado el mundo.

Sujeto, pues, a la fatal influencia de tantas causas, que conspiraban de consuno a evocar los recuerdos más gratos de su vida, Amaro volvía a entrar en los bosques del Uruguay, después de una semana de ausencia, pensando en Lia, pensando en el tesoro de gracias y de amor que encerraba aquel ángel en sus catorce primaveras.

Engolfado en tan agradables pensamientos, se internó en la selva: la algarabía de una bandada de papagayos, oculta entre el frondoso ramaje de un naranjo, le despertó de su meditación.

Al fijar la vista en el árbol, notó, por casualidad, una doble cruz hecha recientemente en su tronco, señal infalible de que allí se escondía algún secreto que le convenía aclarar...

Acercó su caballo, separó las ramas, y en efecto, halló entre ellas una carta clavada en una de las púas de que están cubiertos dichos árboles.

La carta no tenía sobre, pero iba dirigida a él, y en términos misteriosos, que no comprendería nadie a menos de estar iniciado en las costumbres y usos de los gauchos, se le citaba para ese mismo día y en el mismo paraje a las cuatro de la tarde.

Acostumbrado a recibir frecuentemente tales misivas, ninguna sorpresa causó a nuestro protagonista la presente, aunque no dejó de inquietarle en las actuales circunstancias, pues sospechó con razón que sería algún mensaje de los parientes de Lia.

—No puede ser otra cosa, ¡voto a Dios! —se dijo después de un buen rato—; en fin, allá lo veremos... y apresuró su marcha cuanto la densidad de la selva permitía, anheloso de llegar cuanto antes a la presencia de su amada.

Nada tenía de extraño que le asaltase semejante reflexión. Es una costumbre tradicional entre nuestros campesinos, cuando se quiere hablar a alguno que anda oculto llamar a un vaqueano, a un buscador, y encargarle que ponga en su conocimiento lo que se desea que llegue a su noticia.

El vaqueano se ingenia de modo que al cabo de un plazo más o menos largo sabe con toda seguridad dónde se halla el fugitivo; pero como no es fácil encontrarle, ni prudente internarse en bosques que cuentan leguas de extensión, le deja una carta en un árbol con una señal que lo indique, y acude diariamente a saber el resultado.

El que anda oculto, toma sus medidas por si tratan de hacerle alguna mala partida, y se presenta o no, según le parece. Rara vez los buscadores van de mala fe; es decir, con ánimo de entregarle a sus enemigos sin salir del monte; pero si tal acontece y se descuida, ya puede contarse entre los difuntos.

Son tan diestros, emplean tales precauciones los gauchos, la naturaleza y sus conocimientos especiales les favorecen tanto, que es casi imposible sorprenderlos.

Cerca ya de su guarida, encontró Amaro, a algunos de sus montoneros, que salían a proveerse de víveres; esto es, a enlazar por lo pronto la primera vaca alzada o no que les presentase, llevarla al pie de una cuchilla y matarla, y después arrear al bosque las que se pudiera.

El gaucho se alegró de esta circunstancia. Así, dejando el caballo, y yéndose a pie hasta los ranchos, evitaba los ladridos de los perros, y podría sorprender agradablemente a Lia, como deseaba.

Sus cálculos le salieron exactos; llegó, y entró en su rancho sin ser sentido. Lia estaba acostada en la hamaca.

Dormía la encantadora joven con la calma de la virtud y el abandono de la inocencia. El deshabillé de muselina con que estaba vestida se le había desabrochado, y dejaba ver, sobre la graciosa tabla de su pecho de marfil, medio ocultas entre los encajes de su camisa de batista, dos ligeras ondulaciones, nacaradas y tersas como dos manzanas de bruñido jaspe: uno de sus pies, cruzado sobre el otro, asomaba por la revuelta falda hasta más arriba del tobillo; pie tan mono, tan bien hecho, tan bien ajustado en su elegante botín de seda, que era muy difícil, por no decir imposible, detener la imaginación donde el vestido detenía a los ojos, a la mitad de la media...

Favorecidas por aquella postura voluptuosa, sus acabadas formas que envidiarían una georgiana, destacábanse en la curva de su flotante lecho. La mente adivinaba sin trabajo la artística perfección de sus encantos.

¡Oh! era imposible contemplarla y no sentir en el acto hervir la sangre en las hinchadas venas, agolparse con violencia al corazón: del corazón saltar a la cabeza, de la cabeza refluir otra vez al corazón, y derramarse enseguida por todo el cuerpo como gotas de bronce derretido.

Tal fue el sentimiento galvánico que sintió Amaro al acercarse a la hamaca; al verla con la cabeza inclinada a un lado, apoyada la mejilla en una mano, los negros bucles de su rizada cabellera esparcidos en desorden sobre sus blancas espaldas; sonriente, pudorosa, tímida, inundado el rostro de inefable gozo y bañado por ese ligero tinte de rosa con que los espíritus vitales del sueño colorean el semblante de los niños y de las hermosas.

Tal fue la impresión fulmínea que sintió, al ver que entreabría sus rosados labios, y llamándole por su nombre le tendía los brazos con amorosa inquietud.

Lia soñaba, y soñaba con Amaro, con el ídolo de su alma.

Inclinose éste para recoger los sonidos confusos e incoherentes que se escapaban de su boca, y pudo percibir entre otras frases sin conexión ni enlace, las siguientes:

—¡Ven!... ¡Ven!... ¡Te adoro, ingrato!... ¡Soy tuya... toda tuya!... ¡Ah, no... sí!... ¡No me olvidarás?... ¿Nunca, nunca?...

Amaro, sin advertirlo, se había aproximado tanto a ella, que la respiración de ambos se confundía: la bella somnámbula hizo un movimiento para variar de posición, y sus labios rozaron suavemente a los labios de su amante.

El caminante que, próximo a sucumbir en los arenales de la Arabia, devorado por la sed, encuentra una fuente donde aplacarla, no se precipita a ella con más ansia que el gaucho a la boca de la joven.

Lia despertó... y fuese efecto del suero amoroso que todavía la dominaba, o de su inocencia que no la permitía sondear la profundidad del abismo que se abría a sus plantas, ora de su vehemente pasión, ya del gozo de volver a verle, o bien de la incontrarrestable fascinación que él ejercía en sus sentidos y en su alilla, o lo que parece más natural de todas estas causas reunidas, Lia, la pura y candorosa niña, en vez de rechazarle, se incorporó en la hamaca, lo atrajo cariñosamente a sí, y rodeó su cuello con sus desnudos brazos.

A la dulce presión de su cuerpo, al suave contacto de sus mejillas, Amaro cerró los ojos, próximo a desfallecer bajo el peso de su dicha. Zumbáronle los oídos, dilatáronse las arterias de su frente, latiendo aceleradas como las cuerdas del arpa en el momento que estallan, no pudiendo resistir las violentas pulsaciones del rápido tañedor: vacilaron sus rodillas, y poco faltó para que perdiese el conocimiento.

Pero aquella primera emoción, demasiado intensa para que durase mucho, pasó como un relámpago. Sus ojos se abrieron, y la luz volvió a iluminar su avara pupila; sus oídos tornaron a escuchar el tiernísimo acento de su amada; lúbricas y voluptuosas imágenes brotaron en su cerebro abrasado; sus músculos y sus nervios adquirieron doble rigidez, doble vigor del que tenían en su estado natural.

Un minuto más, y la aureola celeste de la virgen se convertía en el letrero infamante de la mujer, arrojada de su elevado pedestal, del trono de luz en que Dios la colocara, al fango del envilecimiento. ¡Centella divina apagada en el cieno; flor picada por un gusano antes de abrirse; pura gota de rocío que pudo ser perla y se trocó en asqueroso insecto, brillante caído del solio del Eterno, y recogido por los impíos para adornar la diadema de Satanás!

Ya el ángel custodio de Lia, se alejaba de la cabecera de su lecho, cubriéndose el rostro con sus áureas alas, y ya vertiendo raudales de llanto, finalizada su misión en la Tierra, las abría para ir a implorar del Altísimo el perdón de la culpable.

Empero todavía ella no lo era, todavía estaban blancas todas las blancas páginas del libro de su vida...

Aviso, inspiración del cielo fue sin duda la que la impulsó a desasirse de los brazos de su amante en aquel momento solemne, y a rechazarle con súbita energía saltando velozmente de la hamaca, trémula y agitada, cual si hubiese tocado un áspid escondido entre sus traidoras plumas.

Tan rápido y simultáneo fue este hábil movimiento estratégico, que el burlado amante, aunque quiso, no pudo evitar que se pusiera de pie, si bien consiguió asegurarla de un brazo.

Pugnó Lia para que la soltase, y en esta corta lucha, estando desabrochado el deshabillé, dejó escapar un medallón de oro sujeto al cuello por una cadena de pelo.

La presteza con que la joven se apresuró a esconderlo excitó la curiosidad y los celos del gaucho.

—¿De quién es ese retrato? —le preguntó con voz ahogada por la cólera, oprimiendo su delicado brazo entre sus dedos de acero, sin advertir, ¡tan ciego estaba! la dolorosa contracción que desfiguraba las facciones de Lia.

—Me haces daño, Amaro —respondió ésta, queriendo en vano dar una expresión agradable a su fisonomía y una inflexión dulce a su angustiado acento.

—¿De quién es ese retrato? —volvió a preguntar el gaucho soltando el brazo y asegurándola por la cintura.

Lia bajó los ojos, y no respondió.

—¡Dámelo!

—¿No me le das?

—¡No!

—¡Ah, pérfida, te comprendo! —exclamó aquel rechazándola furioso—; ese retrato es el de mi rival, de ese miserable a quién amas, a pesar de todas tus falaces protestas y mentidos juramentos. Anda, corre y entrégale tu corazón cobarde; para dármelo a mí sería preciso que rebosase de amor y nobleza. Y tú, nacida entre esa gente imbécil que cuando mira a su patria esclava, en vez de imitar nuestro ejemplo, se prosterna y presenta las espaldas al azote y el cuello a la cuchilla de sus verdugos con tal que la dejen vegetar vilmente en las ciudades; tú, educada entre el lujo y los placeres, acostumbrada a cifrar tu ventura en un vestido de moda o en una joya, no puedes, no, comprender mi sublime pasión. No puedes, no, valorar el sacrificio inmenso que te hago robando el tiempo a mi patria para consagrártelo a ti!... ¡Loco he sido en poner mi cariño en un ser tan... no sé cómo calificarte! ¡Loco he sido en presumir que abrigaba tu alma el candor y la pureza de tu semblante!...

—¡No más, no más! —exclamó Lia sacando el retrato y dándoselo; mira, y desengáñate.

Cogió rápidamente el gaucho la imagen que le ofrecía, y la acercó a sus ojos, contemplándola con la avidez de un avaro, que encuentra el talego de oro que creía perdido.

—Mira esa venerable frente, esos blancos cabellos —continuaba entre tanto Lia, enjugándose las lágrimas que las injurias y sarcasmos del irritado galán la hicieran verter—; obsérvalo bien, y dime si es así el retrato de un amante.

El gaucho no la escuchaba; fija la vista en la imagen, analizaba una a una sus facciones, y parecía reluchar con una espantosa pesadilla; sus manos temblaban, se contraían sus labios, y una palidez mortal borraba hasta las últimas huellas del encendido carmín con que no ha mucho la fiebre del amor animara su semblante.

Convencido que no se engañaba, miró a Lia de hito en hito, y sus sospechas se transformaron en evidencia. Con todo, quiso persuadirse de que tal vez se engañaba, y la interrogó con la ansiedad del que desearía ignorar lo mismo que pregunta.

—¿De quién es este retrato?

—De mi padre.

—¿De tu padre?

—Sí.

—¡Dios eterno! lo había adivinado —exclamó el proscripto golpeándose la frente con su pesada mano—. ¡Ah! ¿Por qué no me lo has dicho desde un principio?

—El temor... un capricho... ¿qué se yo? quería que ignorases el nombre de mi familia —contestó la joven.

Amaro, inquieto y agitado clavó la vista en el suelo, presa de dos sentimientos que con igual violencia, despedazaban su alma; pero era esta demasiado fuerte, demasiado para que durase mucho tiempo su incertidumbre.

—¡Sí, es necesario —murmuró—; Lia, luz de mis ojos! perdóname, y abrázame: abrázame sin temor porque pronto debemos separarnos, tal vez para siempre.

El dolor prestaba un colorido tan grave, el heroico sacrificio que voluntariamente se imponía sublimaba tanto al que pronunciaba aquellas palabras, que la joven se arrojó en sus brazos sin vacilar.

Frenético estrechola él contra su pecho, apoyó su rostro en su espalda alabastrina, dejándola húmeda con sus lágrimas; y como ella correspondiese a sus transportes con otros iguales, la apartó suavemente, y salió con paso acelerado en busca del incógnito de la carta, cual si temiese si permanecía allí un momento más, ofuscarse, perder el juicio y sucumbir de nuevo, ceder otra vez, sin advertirlo, al delirio, a la embriaguez, al vértigo de su mutua pasión volcánica, y, ¿cómo no temerlo, si él la fascinaba y ella le enloquecía?

Hay impresiones que son como la pólvora, que la menor chispa enciende: nacen y crecen contra nuestra voluntad, nos arrastran al borde de un abismo y nos precipitan en él, sin que la mayor parte de las veces nos sea dado conocerlo hasta que rodamos en sus profundidades insondables. ¡Ay! la llama del amor más puro esconde siempre un destello terrenal engendrado por la arcilla de que fuimos formados; y ese destello se convierte en devorante hoguera que lo absorbe todo, desde que el espíritu vencido en tenaz pelea y rechazado do quier por los sentidos, se oculta, huye, desaparece, se anonada por un instante, avergonzado acaso de su derrota.

XI. El Cambueta

Conforme anunciara a su hija en la carta de que dimos cuenta en el capítulo VI, don Carlos Niser había venido a la estancia acompañado de su esposa y del conde. Llegó cuatro días después del rapto de Lia.

En su impaciencia por abrazarla, no había querido detenerse en Paysandú, ni ver a su cuñado, que le habría informado de la catástrofe.

El más impenetrable misterio envolvía aún la desaparición de la joven: en la estancia nada se sabía. Doña Eugenia había indagado en vano dónde se ocultaba. Estaba persuadida que ella había huido de la estancia solo con el objeto de sustraerse a su compromiso con el conde; y ni siquiera se le pasaba por la imaginación que estuviese apasionada de otro hombre.

Los gauchos que presenciaron la escena con el enchalecador, constantes en su sistema de no traicionar jamás a un compañero suyo, nada habían declarado: y como por otra parte estaban en la falsa creencia de que Amaro en aquellos días no se hallaba en la provincia, pues él había tenido la precaución de esparcir antes la voz de que partía para la Rioja, y no le habían visto por espacio de tres semanas, no dieron grande importancia a las palabras del muerto, y luego, si hemos de hablar con franqueza, todos y cada uno en particular temían su venganza. En el poco tiempo que conocían a Amaro, bajo el supuesto nombre de Calibar, habían cedido sin advertirlo a la influencia y prestigio que ejercen siempre los hombres superiores sobre los ánimos vulgares, cualquiera que sea la situación en que la suerte los coloque.

El pulpero tampoco declaró nada, por la misma razón, y por otra concluyente para él. El crédito del establecimiento estaba basado en su reserva y circunspección. El día que por causa suya prendiesen a alguno, todos sus parroquianos le abandonarían, y, ¡ay de él, si los parientes o amigos del agraviado le encontraban lejos de la ciudad, en alguna encrucijada o camino solitario!

Las pesquisas, pues, de doña Eugenia y de su esposo fueron de todo punto inútiles. En vano sus emisarios recorrieron todas las estancias circunvecinas y pueblos del departamento. Nada pudieron indagar, nadie les dio la menor noticia por la cual pudiesen seguir el rastro de la fugitiva. Doña Eugenia estaba inconsolable.

Entre tanto llegó don Carlos a la estancia, y, figuraos cuál sería su dolor al no encontrar allí a su hija idolatrada.

Su hermana le abrazó llorando, y se lo dijo sin rodeos, puesto que no había medio de ocultarle la verdad.

Momento terrible fue aquel para todos los de la familia. El anciano se dejó caer sobre un sillón, pálido como la muerte, el rostro desencajado, inmóvil, trabada la voz, sin acertar a quejarse ni a prorrumpir en llanto. Sus apretados dientes no permitían que saliesen los ahogados suspiros que exhalaba su alma, y sus yertas pupilas se negaban a dar libre curso a las lágrimas de fuego que en ancho raudal brotaban de su corazón despedazado. Doña Petra por el contrario, en vez de imitar su ejemplo y el de su cuñada, montó en cólera, se desató en injurias e improperios contra Lia, y no encontrando en el diccionario de la maledicencia voces bastantes duras para calificar su conducta, llegó hasta maldecirla: mientras el conde, pensativo y silencioso, con los brazos cruzados, inclinada la cabeza sobre el pecho y los ojos fijos en Tierra, parecía reflexionar sobre lo que probablemente ninguno de los circunstantes se acordaba a la sazón, porque la angustia de aquellos y la ira de ésta no se lo consentían. Parecía reflexionar, y reflexionaba en efecto, sobre las causas que motivaran la evasión de su futura esposa, y un fatal presentimiento le decía no que ella no le amaba, de eso estaba convencido desde mucho tiempo atrás, sino que otro hombre más feliz conquistara su cariño durante su ausencia, y puestos ambos de acuerdo, la habría seguido desde Montevideo con ánimo de robarla en la primera coyuntura favorable...

A las imprecaciones de su esposa, cada vez más furibundas, don Carlos volvió de su enajenación, e informándose apresuradamente de los resortes que se habían puesto en juego para descubrir el paradero de Lia, meneó la cabeza en señal de desaprobación, ordenó que le ensillasen otro caballo, y no bien estuvo pronto, sin descansar del largo viaje que acababa de hacer, ni decir a dónde se encaminaba, partió solo en busca del tío Chirino a Cambueta, que residía a cuatro leguas de allí en una estancia de un amigo suyo.

¿Y quién era el tío Chirino, o más bien Cambueta, por cuyo sobrenombre le conocían generalmente? ¿Era acaso adivino?... Poco menos... ¡Era vaqueano!

Para explicaros carísimos lectores y amadísimas lectoras, todo lo que esta palabra significa, necesitaríamos algo más que los estrechos límites de un capítulo. El vaqueano es un tipo especialísimo de nuestras provincias, que desarrollaremos en otra novela de menores dimensiones que la presente, y que formará parte de los cuadros característicos y locales que nos proponemos reseñar, como ya hemos tenido el honor de preveniros antes.

Ahora nos bastará saber que el personaje que nos ocupa era un hombre que conocía palmo a palmo todo el territorio de la Banda Oriental y a los gauchos de todos sus departamentos. Buscaba a las personas que se lo indicaban donde quiera que estuviesen, mediante una retribución más o menos crecida, según la distancia y el tiempo que necesitaba invertir para conseguirlo, y siempre, si no habían muerto o emigrado a otro país, en un plazo más o menos largo descubría su paradero, por más recóndito e ignorado que este fuese.

Era el único que en Paysandú sabía que los montoneros ocultos en el bosque habían venido de Tacuarembó y Salto y que Caramurú se hallaba entre ellos.

Don Carlos llegó al caer la tarde a la estancia donde vivía, y preguntando al capataz si estaba en su rancho, supo con gran disgusto que no había venido aun de la pulpería que acostumbraba frecuentar, y que era la misma donde acaeció la muerte del enchalecador.

Esperole con creciente impaciencia por más de tres horas, y cuando juzgaba que ya no vendría, un canto gutural y prolongado que resonó a lo lejos, y galope lejano de caballos, le anunciaron que volvía acompañado de algunos peones y aparceros, unos completamente ebrios y otros alegres nada más.

El deber de historiadores concienzudos e imparciales nos obliga a declarar que el Cambueta pertenecía a los segundos, pues la dignidad de su grave ministerio le impedía embriagarse nunca en público, lo cual no obstaba en manera alguna para que cuando se veía solo en su rancho, en las altas horas de la noche, tomase sus trancas muy decentes al son de la guitarra de los cielitos, canciones populares que cantaba con una voz de búfalo capaz de ahuyentar a los mismos diablos.

—Chirino, vengo a verte —le dijo don Carlos apenas pasó el dintel, para un asunto de grande importancia—. Deseo hablarte a solas.

El Cambueta se inclinó en señal de asentimiento, y juntos se encaminaron al rancho.

—Vamos, señor de Niser, ¿qué queréis? —le preguntó no bien llegaron, fingiendo el muy tuno que ignoraba el objeto de su visita.

—Mi hija ha desaparecido hace cuatro días de la Estancia de la Cruz Alta.

—¿Sí?... ¡Vaya un desastre! —exclamó el vaqueano abriendo tamaños ojos—; ¿conque ha desaparecido?... ¡Dios nos asista!

—Sí, amigo mío, y deseo que averigües dónde se halla.

—Dificilillo es, señor don Carlos.

—Vamos, te recompensaré generosamente.

—He oído decir que se han practicado infructuosamente las más exquisitas diligencias —contestó el Cambueta deseando magnificar el servicio que se le exigía, para aumentar su precio.

—Te daré diez onzas de oro si descubres dónde se oculta y me traes cuatro renglones de ella.

El vaqueano lanzó con desdén un ¡schs! sobrado expresivo, cuya significación comprendió azás su interlocutor.

—Serán veinte.

El Cambueta se alzó de hombros.

—¡Treinta, cuarenta, cincuenta!... —murmuró don Carlos.

El tío Chirino se puso a tararear a media voz una de sus canciones favoritas:

Arrorró mi ñato,
Arrorró mi Sol,
Vamos a la yerra,
Trae mi redomón.

Tanta avaricia exasperó al abogado, que no comprendía cómo, por un servicio al parecer insignificante, no se contentaba con la respetable suma que le ofrecía.

—¡Y bien! —exclamó—: ¿qué significa esa estúpida cantinela?

—Significa, señor mío, que por cincuenta onzas no puedo comprometer mi reputación.

—¿Pues cuánto quieres?

—Lo menos cien.

—Las tendrás.

—Vengan cincuenta por lo pronto.

—¡Tunante! ¿Dudas de mí?... —gritó don Carlos, ofendido de semejante desconfianza.

—Yo no dudo, señor; pero estoy acostumbrado a que me paguen adelantado.

—¿Y si no me cumples tu palabra?

—En ese caso, muy extraordinario a la verdad, os devolvería íntegro el dinero que me hubieseis anticipado.

Niser había traído un bolsillo abundantemente provisto pero que no alcanzaba en mucho a la cantidad pedida, sacose, pues, un magnífico alfiler de brillantes que llevaba en la camisa, y reunido al bolsillo se lo ofreció como prenda o fianza de la deuda que contraía.

El vaqueano, con gran sorpresa suya, en vez de tomarlos, soltó una carcajada, y los rechazó con la mano. El taimado aparentaba burlarse del buen viejo, después de haberle marcado el alto precio en que estimaba sus servicios.

—Os conozco, señor don Carlos, y sé quién sois; había querido únicamente experimentaros. Nada, me daréis lo que os parezca justo. Ahora, oíd mis condiciones, y juradme por vuestro honor que una vez aceptadas no faltaréis a ellas.

—Te lo prometo.

—En primer lugar guardaréis el más profundo secreto acerca de la comisión que me habéis dado.

—¿Por qué?

—Ahí está el busilis.

—Risible es tu pretensión, cuando nadie ignora, que ganas la vida de ese modo.

—Es una precaución... ya veis... podría fracasar... y ante todas cosas conviene poner a cubierto el honor del pabellón.

Sonriose el abogado de la astucia del Cambueta, recordando involuntariamente las advertencias que en casos idénticos, por vía de precaución, solía él hacer a sus clientes.

—En segundo lugar —continuó aquel—, es de absoluta necesidad que por ningún pretexto, ni ahora ni más tarde, intervenga la justicia en este asunto.

—Concedido.

—En tercer lugar, seguiréis ciegamente mis instrucciones al pie de la letra y sin pedirme explicaciones acerca de ellas.

—Bien.

—Y por fin, me concederéis diez días, contados desde esta noche, para practicar las diligencias necesarias y poderos dar una respuesta definitiva.

Don Carlos accedió a todo, encargando al vaqueano que evacuase su comisión lo más pronto posible.

Éste, que había presenciado el combate a muerte con el enchalecador y oído sus palabras, estaba convencido de que Amaro y no otro era el raptor de Lia: toda la dificultad estribaba en verle y arrancarle diestramente su secreto.

Escribió la carta, y la puso en el paraje indicado; por tres días acudió en vano, a ver si la habían recogido; al cuarto no la encontró; el jefe de los montoneros había vuelto de su excursión al campamento de los charrúas, y ya sabemos la impresión que causara en él dicha misiva, y el modo cómo salió de la habitación de su amada con ánimo de apersonarse con el portador o autor de ella.

El gaucho, media hora antes de llegar al paraje convenido, ató su caballo a las ramas de un árbol, y marchó a pie, no en línea recta, sino describiendo un ángulo; cerca ya del naranjo, trepó encima de un corpulento seibo, que dominaba aquella localidad, y tendió la vista alrededor, luego dio una vuelta en torno del árbol donde le esperaba el vaqueano, prestando el oído por si distinguía rumor de hombres y caballos, y examinando con ojos de lince la tierra para cerciorarse por las huellas de que solo aquel había entrado en el bosque.

Persuadido de que no le armaban ningún lazo, se aproximó cautelosamente al naranjo: apartaba con tal tino las ramas y pisaba tan suavemente, que, a ser de noche, se le hubiere tomado por un espíritu de la selva. Sus botas de potro resbalaban sobre la yerba sin producir el más leve rumor.

Apartó el ramaje con la diestra mano armada de su puñal, cubriéndose con la siniestra el rostro que, a excepción de los ojos, desaparecía bajo el halda del poncho, Y con voz vibrante y avasalladora, gritó al Cambueta:

—¡Vuélvete!

El vaqueano obedeció esta orden cual maniquí movido por una cuerda. El paso no era para menos; Le iba en ello la vida.

Amaro sacó un pañuelo, le vendó los ojos, le arrebató las pistolas de que iba provisto, le cogió de la mano y se lo llevó a unos quinientos pasos de allí.

—Siéntate —le dijo—, y explícame en pocas palabras el objeto de esta cita.

—¿No os acordáis ya de mí, señor? —preguntó el tío Chirino, acomodándose lo mejor que pudo sobre un montón de hojas secas, obedeciendo al impulso que le comunicaba la mano de su acompañante.

Hasta entonces el gaucho no se había fijado en él; el timbre de su voz le hizo contemplarle con detenimiento. Súbito recuerdo vino a desvanecer sus dudas.

—¡Voto al diablo! —exclamó arrancándole la venda—: tú eres el Cambueta. No te había conocido.

—Gracias, señor Amaro; más vale tarde que nunca.

—Dime —continuó este con visible recelo—, ¿alguien más que tú sabe que yo estoy en este departamento?

—Nadie; os lo aseguro: yo mismo lo ignoraría a no haberos reconocido en la soberbia puñalada con que despachasteis a ese maldito brujo en la pulpería a que asisto diariamente. ¡Oh! cuando os vi luchar con él os reconocí, porque nadie se le atrevía por acá, y era necesario ser tan valiente y diestro como vos para osar combatirle frente a frente y cuerpo a cuerpo. Al fin pagó las muchas muertes que debía ese malévolo.

—Chirino, no insultes a los muertos —respondió Amaro con grave melancolía—; ¡ya no existe!... ¡Dios haya tenido piedad de su alma!

—Francamente, señor; no merece que se le tenga compasión...

—Basta... Explícame el objeto que te obliga a solicitarme.

—¿Lo ignoráis? —preguntó el vaqueano con una sonrisa maligna y burlona que no dejó de desagradar a su interpelante, el cual ni aun en broma consentía que nadie se le riese en sus barbas.

—Mira —le dijo—, te prevengo que contestes lisa y llanamente a lo que te pregunte, sin interpretar lo que te diga ni comentar mis razones. ¿Has oído?

Pronunció el gaucho estas palabras mirando de arriba abajo con ceño y menosprecio al zumbón, recordándole así la distancia inmensa que mediaba entre ambos.

—¡Eh!... si tomáis a mal una chanza insignificante —repuso el tío Chirino un tanto cortado—, me callaré como un perro, quiero decir, no hablaré hasta que me interroguéis.

—Eso es lo que deseo.

—Podéis empezar.

—¿Quién te envía?

—El señor don Carlos Niser.

—¡Niser! ¡El señor don Carlos Niser! —repitió Amaro con amargo acento de tristeza y reconcentrada pena—; ¿Acaso sabe él?...

El gaucho se detuvo acordándose de repente que el vaqueano no estaba iniciado en su secreto, y que él iba a revelárselo antes de tiempo con sus imprudentes preguntas. Conociolo aquel y se apresuró a sacarle de su error, diciéndole con la seguridad e impavidez que acostumbraba en casos tales.

—No os aflijáis; ignora completamente que la señorita Lia ha sido robada por vos y se halla en el fondo del bosque en vuestro propio rancho.

—¿Y tú, cómo lo sabes? —preguntó el gaucho sorprendido por aquella brusca insinuación.

—Por una casualidad... que sería muy larga de contaros... y ahora estamos los dos deprisa... pero estad persuadido que solo el enchalecador y yo hemos podido sorprender vuestro secreto.

—Pronto se habrá remediado el mal que involuntariamente la he ocasionado, murmuró el noble cuanto infortunado amante. Continúa:

—¿Qué he de continuar?

—La narración de lo que te pasó con don Carlos.

—¡Eh! Estuvo a verme hace cuatro días, y a ofrecerme hasta doscientas onzas si se descubría el paradero de su hija y le llevaba cuatro renglones escritos por ella.

—¿Y qué pretende?

—¿Qué sé yo? Me dijo que solo anhelaba saber que estaba buena y que no corría ningún peligro. ¡Oh, la quiere mucho el buen viejo! Lloraba al hablar de ella, y me repitió más de cien veces que a trueque de saber eso la perdonaría su locura y los pesares que le ocasionaba, correspondiendo tan mal al cariño con que siempre la había distinguido.

—Escucha: nada exigirás al señor de Niser por tu trabajo...

El vaqueano tosió, cual si quisiera por este modo indirecto preguntar quién se encargaba de pagarle, pues los tiempos no estaban para servir gratis, o para fiar, que en último resultado la mayor parte de las veces viene a ser lo mismo.

—Yo me encargo de satisfacer esa deuda —continuó el gaucho clavando en él su fascinante mirada de águila—; yo me encargo de pagarte, ¿entiendes? Y si llegó a saber que has recibido un solo centavo del señor de Niser, te estaqueo apenas caigas en mis manos.

—¡Oh! descuidad, señor; descuidad —replicó el tío Cambueta apresuradamente—; la echaré de generoso, y nada, nada tomaré.

—Le dirás que has visto a su hija, que está buena, y le llevarás la carta que desea. Por más súplicas que te haga, no le descubrirás nuestra guarida... Cambueta, sé que eres leal, y sobre todo amante de tu patria; confío que no me traicionarás.

—Moriría primero.

—Mañana a las doce de la noche acompañarás a don Carlos a las tapias del cementerio: yo estaré allí aguardándoos. Es un paraje solitario y respetado del vulgo. Allí nadie irá a interrumpirnos. Le dirás que un antiguo amigo suyo, que te ha ayudado eficazmente en tus investigaciones, desea hablarle; pero por Dios que no pronuncien tus labios el nombre maldecido que me han obligado a aceptar los intrusos: para él yo no soy Caramurú; soy únicamente Amaro. Ahora monta a caballo y ven conmigo.

El vaqueano retrocedió hacia el naranjo, tomó su alazán, y volvió al mismo punto a incorporarse con Amaro, que saltó en ancas y marchó con él en busca de su parejero, que había dejado atado bastante lejos del lugar de la cita, temiendo ser sentido por los que acompañasen al Cambueta, caso que este procediese de mala fe.

Poco después de anochecer llegaron a los ranchos. Lia estaba sentada a la puerta del suyo, pensativa y triste, vacilante, dudosa, reluchando a un tiempo con su amor y la voz de su conciencia, que le ordenaba exigir de la caballerosidad de Amaro que la devolviese a su familia...

Su amante mandó que trajesen luz, y entró seguido del vaqueano.

Una pequeñuela, hija de uno de los montoneros, corrió y trajo una especie de hacha formada con pequeñas ramas atadas en un haz e impregnadas del sebo de los animales que mataban diariamente.

Amaro abrió el pequeño escritorio y rogó a Lia que escribiese lo siguiente:

«Querido papá: Estoy buena, y pronto espero abrazaros: creed, por lo que más améis en la Tierra, que todavía soy digna de llamarme hija vuestra. Perdonadme.»

«Lia.»

El gaucho dobló esta carta, llamó a cuatro de sus montoneros, y ordenándoles que acompañasen al vaqueano hasta la salida del bosque, le entregó el billete y le apretó la mano, diciéndole con efusión:

—¡Hasta mañana a las doce!

XII. Protector y protegido

Era una hermosa noche de verano: brillaba la Luna llena en el zenit, y el oscuro azul del firmamento, salpicado de rutilantes estrellas, semejaba un inmenso pabellón de su bordado de plata, que algún arcángel hacía tremolar en el espacio, envolviendo al mundo con su sombra protectora. Noche de amor y poesía iluminada por el melancólico fulgor de los astros que se destacaban en el fondo del cerúleo velo como chispas refulgentes que iba dejando en su camino el carro del Hacedor al cruzar la ancha red del universo. Noche de indefinible embeleso, en la que suspiraba el alma contemplando al cielo, cual si anhelase romper los grillos que la sujetaban a la Tierra, y en alas de la fe y la esperanza volar hasta el trono radiante del Altísimo...

Apacible calma, misterioso silencio cubrían la vasta extensión del campo solitario; calma y silencio que al perturbarse le prestaban nuevo hechizo, nueva majestad y encanto. Tal vez una ráfaga perdida pasaba murmurando por encima de los bosques y sacudía las gallardas copas de millares de árboles, que se iban inclinando unas en pos de otras, semejantes a las olas del océano cuando la brisa las empuja suavemente y las derrama sobre la arenosa playa; acaso los tristes gemidos del ñacurutú, y de otras aves nocturnas resonaban de vez en cuando, interrumpidas por el espantoso aullar de los cimarrones, que, hambrientos, vagaban por las fragosidades de la sierra; acaso se estremecían los pajonales y ondeaba el césped bajo los ágiles pies de los hurones, que buscaban su presa a los trémulos rayos de la Luna; o el pesado Anta se revolvía en el fango de algún riachuelo, dejando escapar por su pequeña trompa un áspero resoplido, indicio del placer que experimentaba; tal vez alguna aleve tribu asomaba por las empinadas lomas tendida al viento la larga cabellera, y descendía al llano haciendo retemblar el suelo bajo el sonante casco de sus veloces potros, inclinada sobre su cuello, para que a la distancia la confundiesen con alguna manada de caballos o novillos silvestres; y en fin, quizá un rumor lejano, parecido al bullente hervor de una gran caldera que rebosara y se derramase apagando las llamas que la envolviesen, anunciaban que algún río gigantesco salía de madre y se dilataba por los campos vecinos, sin estrépito ni violencia, pero imponente, arrollador, incontrastable, como el tiempo en el océano de las edades, tragando y vomitando siglos.

El reloj de la parroquia de Paysandú dio doce lúgubres campanadas: largo rato hacía que Amaro se paseaba por el cementerio aguardando a sus amigos.

La Luna reflejaba sus rayos en las blancas osamentas amontonadas en un extremo de la mansión de los muertos; gemía el crecido césped de las tumbas, y los sauces y cipreses se doblaban a intervalos con doliente murmullo; fugitivas exhalaciones cruzaban allí y aquí; se oían clara y distintamente dentro de los nichos el ruido de los dientes y los chillidos de las alimañas que se nutren con los fríos despojos de los cadáveres; el eco repetía en el cóncavo suelo las pisadas y voces misteriosas, tristes ayes y quejidos parecían salir del seno de la Tierra, de las losas de los sepulcros, de los árboles, del césped, de las osamentas, y hasta de los pajizos y derruidos muros.

Empero Amaro, a pesar que creía, como todos los gauchos, en duendes y aparecidos, paseábase impasible y tranquilo de un extremo a otro del osario. Fijaba sus ojos en el paraje donde habían enterrado al enchalecador, y se sentía capaz de volver a matarle si se levantase de nuevo de su tumba. Nada había en el mundo que le hiciera temblar; ni los vivos ni los muertos. Su alma, inaccesible al miedo, podía ser aniquilada; pero mientras permaneciese en su cuerpo, prestaría aliento a su brazo hasta para luchar como Luzbel contra su mismo Hacedor.

Sacole de sus meditaciones la aproximación de don Carlos Niser, que venía acompañado del vaqueano.

Al verlos, saltó por las tapias del cementerio, y salió a su encuentro, don Carlos y su acompañante retrocedieron llenos de pusilánimes aprensiones; es indudable que a no estar prevenidos y a no haberles él gritado que era el que aguardaban, hubieran echado a correr, sin detenerse hasta llegar al pueblo.

—Señor don Carlos —dijo Amaro, quitándose el sombrero—: mi amigo Chirino ya os habrá informado del empeño que tengo en serviros.

—Sí, y te doy por ello las más expresivas gracias —contestó el abogado trémulo aún, y mirando en torno suyo con ojos despavoridos. La repentina aparición del gaucho, envuelto en su poncho, por la parte del camposanto donde estaban apilados los huesos y calaveras, le había asustado en términos que no le conoció, a pesar de ser la fisonomía de Amaro una de aquellas que no es posible confundir con otra alguna.

—Vengo a ayudaros a recobrar vuestra hija —añadió este cubriéndose, persuadido de que ya le habría reconocido.

—¡Ah, sí, mi hija, mi querida hija! —exclamó don Carlos, recordando de pronto el objeto de la cita que también se le había olvidado—. Habla, di, ¿qué recompensa quieres?

—¡Recompensa! —replicó el gaucho con amargura—: yo no os exijo nada; tengo que pagaros una deuda de honor.

A estas palabras, Amaro se sacó por segunda vez el sombrero, cuyas anchas alas impedían que la luz del astro de la noche iluminase su semblante.

Don Carlos, preocupado con otras ideas, lo miró, y aunque le pareció que aquella cara no le era desconocida, no cayó al punto en quién era.

—¿Me harás el favor de decirme cómo te llamas? —le preguntó—; tengo idea de haberte visto en otra parte.

—¿No recordáis, señor de Niser, un viaje que hicisteis al departamento de Minas?

—¿Cuándo? ¿En 1810?

—No: en 1815.

—También estuve en esa época.

—¿Y no os acordáis, señor, de un joven de veinte años que estaba en capilla y debía ser fusilado al día siguiente por haber muerto en desafío sin testigos al único hijo del más rico y considerado propietario de aquel departamento?

—Sí... me acuerdo... pero confusamente.

—¿No os acordáis, señor, que a ruego de vuestro pariente don Nereo, interpusisteis vuestra poderosa mediación con el comandante, a quien estaba confiado el mando de aquel pueblo, y partisteis esa misma tarde para el campamento del general Artigas, volviendo cuatro días después con el perdón que me otorgó, gracias a vos?

Don Carlos se acercó al gaucho, le miró con avidez y dando un grito de gozo:

—¡Ah, tú eres Amaro! —exclamó—; ¡gracias, gracias, Dios mío! Ahora recobraré a mi hija.

—No contento con eso —continuó el amante de Lia, que necesitaba enumerar uno a uno todos los beneficios que debía a su padre, a fin de tener fuerzas para hacerle por completo el heroico sacrificio que deseaba—; no contento con eso, me disteis un cinto de onzas, cartas de recomendación para Buenos Aires, y por fin, me salvasteis por segunda vez la vida, desbaratando una celada dispuesta por mis enemigos para asesinarme al pasar el Uruguay.

—Es verdad... me interesaba por ti como por un hijo; pero tú, tú no has correspondido a mi afecto como debías. Ni una vez sola ha procurado verme en el espacio de ocho años.

—¿Habéis necesitado de mí alguna vez?

—No. Ahora únicamente.

—Pues ahora estoy aquí.

—Y tanto confío en ti, que solo al verte he creído que volvería a recobrar a mi hija, porque sabiendo tú dónde se oculta, por grado o por fuerza la traerás a mis brazos, aunque te costase la vida, ¿no es verdad?...

Al expresarse de esta manera, muy lejos estaba don Carlos de valorar todo el alcance de sus expresiones; no hacía más que manifestar su ciega confianza en las promesas del gaucho. Sabía que ellos son esclavos de su palabra, que mueren antes de quebrantarla, sin retroceder ante sacrificio alguno, cuando se le exige su cumplimiento.

—Acaso nunca sepáis, señor de Niser —repuso dolorosamente Amaro—, vos, que me acusáis de ingrato, ¡cuán caro me cuesta retribuiros vuestros beneficios!

—No te comprendo —respondió don Carlos admirado.

—Ni es necesario que me comprendáis... decidme: ¿tenéis presente, por ventura, lo que os dije el día que recibí mi perdón?

—Me jurasteis que en cualquiera situación, y en cualquiera parte donde te hallases, acudirías a mí en cuanto yo te lo indicase, y fuese cual fuese el favor que te pidiera, lo ejecutarías en el acto sin vacilar.

—Heme aquí por lo tanto esperando vuestras órdenes.

—Quiero ver a mi hija, si es posible recobrarla.

—Pasado mañana, Dios mediante, la tendréis en vuestra casa.

—¿A qué hora?

—Después de las carreras.

—¡Ah, por la Virgen, no me engañes, Amaro —repitió el anciano con recelosa alegría—; no me hagas consentir en tamaña ventura, que luego debe hacer más amarga la triste realidad.

—Os repito que pasado mañana, suceda lo que suceda, cueste lo que cueste, abrazaréis a vuestra hija.

El tono avasallador del jefe de los montoneros no dejaba lugar a dudas. Don Carlos cedió a la influencia que dominaba a los demás. Inútil era reflexionar: Amaro subyugaba por la fuerza del sentimiento. Convencía sin amenazar. Su porte, su ademán, su acento hablaban con más elocuencia que sus palabras.

—Si acaso yo mismo no os la entrego —prosiguió—, salid de Paysandú, y muy cerca de sus trincheras encontraréis mi cadáver sangriento...

—¿Qué dices? ¡Explícame ese misterio! —exclamó don Carlos azorado.

—¡Nada me preguntéis; nada!... porque nada puedo deciros —respondió el gaucho con voz solemne, lenta y resignada—; ¡cúmplase la voluntad de Dios!

Grande era la curiosidad y el ansia del amoroso padre, pero convencido como estaba de que por más instancias que hiciera al gaucho no le arrancaría una sola palabra, habiendo manifestado que nada diría, guardó silencio, y se dispuso a marchar.

—Hemos concluido —dijo—; adiós, Amaro; descanso en ti.

—Dos palabras, señor, si gustáis —replicó este deteniéndole del brazo.

—Di lo que quieras.

—No puedo ni está en mi mano poneros ninguna condición; pero debo preveniros que el motivo de haber abandonado vuestra hija la estancia de su tía, no es otro que el estar comprometida con un hombre a quien no ama.

—¡Dios del cielo! —repitió don Carlos—: ¿y cómo ahora me libro del compromiso que tengo con el conde?

—¿El conde? —preguntó Amaro con acento amenazador—; es conde, ¿eh?

—Sí, conde de Itapeby.

El gaucho se llevó las dos manos cerradas a las sienes, cual si quisiese detener su explosión de su ira. Enseguida se volvió al anciano, que le contemplaba absorto, y añadió, poseído de un vértigo infernal:

—No puedo devolveros a Lia si no me juráis que no violentaréis su voluntad.

Un relámpago iluminó a don Carlos: las tinieblas que envolvían su mente se disiparon; vio la verdad tal como era; adivinó que su hija estaba en poder de aquel hombre, y que él la amaba y era amado de ella.

—¡Desgraciado! —exclamó—: tú la has seducido; tú eres su raptor; tú has abusado de su inexperiencia y de sus pocos años. ¡Infame!

El indómito gaucho, al oírse apostrofar tan duramente, por un movimiento involuntario llevó la mano al puño de su daga; pero con la misma rapidez se detuvo, hincó una rodilla, tomó el puñal por la punta y se lo presentó a don Carlos, diciéndole:

—¡Sí, yo os he robado vuestra hija; soy un miserable; lavad con mi sangre vuestra afrenta!

—¡Tan niña y perdida para siempre! —repetía el anciano, llorando y escondiendo la cabeza entre sus manos.

—¡Oh, no la ultrajéis; está inocente y pura como los ángeles!... Si se halla en mi poder, es contra su voluntad.

Entonces Amaro se puso en pie, y en breve; palabras, llenas de elocuencia y pasión, le contó la historia de sus malhadados amores. El abogado le escuchó en silencio, y antes que acábase su narración, ya estaba convencido de la inocencia de Lia.

—Sin embargo —murmuró—, su reputación está gravemente comprometida. Si al menos pudieses casarte con ella...

—¡Ese es todo mi anhelo, mi única ambición, mi más dulce ensueño de felicidad! —contestó el gaucho, radiante el rostro de placer.

Don Carlos le miró frente a frente, y con una amarga sonrisa de desprecio, le dijo con altanería:

—¿Y quién eres tú para enlazarte con mi familia?

—Ignoro quiénes son mis padres, y nada tengo —replicó Amaro humildemente—, pero siento en mí algo que me anuncia que mi estirpe es tan clara como la vuestra.

—Pues bien —continuó el buen viejo, enternecido y cediendo sin advertirlo a la magia que ejercía el caudillo patriota sobre cuantos le rodeaban—; tú eres joven y valiente, procura averiguar quiénes son tus padres, o conquistar con tu esfuerzo una posición social, adquirir un nombre que valga tanto como el que la suerte te niega, y Lia será tuya.

—¡De veras! ¡No me engañaréis! —exclamó Amaro, anhelante, inmóvil, suspenso de la respuesta que aguardaba.

—¡Sí; te lo juro por mi honor, por la salvación de mi patria, lo que más amo en la Tierra después de Lia!

—Entonces, don Carlos... el gaucho se detuvo dudando si debía o no descubrirle aun su segundo nombre: el nombre glorioso, sinónimo de heroísmo y lealtad, que todos los orientales fieles a su patria pronunciaban con respeto y admiración.

—¿Entonces, qué?... —preguntó Niser con ansiedad. El aire distinguido del gaucho, su manera de expresarse, el misterio que le envolvía; habían herido fuertemente su imaginación. Una vaga sospecha de quién podía ser cruzaba al mismo tiempo por su frente.

—Entonces, dadme la mano... —contestó aquel porque soy...

—¿Quién?

—¡Caramurú!

—¡Abrázame, hijo mío! —gritó el anciano, estrechándole contra su pecho—; sí, tú mereces llamarte hijo mío; era imposible que mi Lia se hubiese enamorado de un hombre vulgar.

Largas explicaciones se sucedieron, y de ellas resultó que don Carlos se convino, no en negar su consentimiento a la boda, porque entonces se expondría a la venganza de don Álvaro, sino en dilatarla, y solo en el último trance oponerse abiertamente, hasta que, arrojados los intrusos del patrio suelo, pudiese obrar con toda libertad, sin miedo de que le calificasen de anarquista, conspirador, y le confiscasen sus cuantiosos bienes.

Conformes en este punto, Amaro entabló otra animada discusión con el vaqueano, mudo espectador de las anteriores escenas; y muy importante debía ser el asunto, cuando la luz del nuevo día vino a anunciarles que ya era hora de retirarse.

Don Carlos y su futuro yerno tornaron a abrazarse de nuevo; y como el primero se lamentase del mal éxito que podía tener la empresa de que habían hablado antes, el jefe de los montoneros le contestó con su habitual indiferencia:

—No tengáis recelo alguno, amigo mío; la fortuna ayuda a los audaces. ¿No es verdad, Chirino?

—Señor —repuso el Cambueta—: con vuestra gente, y los aliados que yo me encargo de proporcionaros, no digo con mil portugueses, ¡con mil demonios somos capaces de pelear!

—¡Dios proteja la buena causa! —dijo el anciano alzando los ojos al cielo.

—¡O muerte, o libertad! —repitió Amaro: y cada uno de los tres personajes, pensativo y meditabundo, se encaminó por distinto sendero; el abogado a la ciudad, el vaqueano a recorrer el departamento, y Caramurú al fondo de la selva a informar a sus valientes de que había llegado el momento solemne de vencer o morir.

XIII. Las carreras

A pocas leguas de Paysandú se extiende una dilatada planicie, desnuda de árboles, pero tapizada de menuda yerba, la cual termina al Occidente por un dilatado barranco, en cuyas profundidades corre el Uruguay encajonado, y siguiendo las ondulaciones del terreno, ora se precipita en violentos remolinos azotándose contra sus bordes, ora continúa su marcha apacible, cual pintado iguana que se desliza perezosamente a la caída del crepúsculo, sobre la arena humedecida con el reflujo de las olas; o bien levanta su verdinegra espalda cubierta de hervorosa espuma, y bulle y salta, se revuelve y ondea, se esconde y reaparece, como un inmenso cetáceo que hiende los mares llevando clavado, el arpón, que cuanto más pugna por lanzar de sí más se hunde en sus entrañas, y al fin arroja su masa inerte y ensangrentada sobre los flancos del atrevido bajel que vuela en pos de ella, ensordeciendo el espacio con sus cánticos de victoria.

Desde las doce de la mañana, inmensa muchedumbre afluía de todas partes, atraída por las famosas carreras que debían verificarse allí a las cuatro de la tarde. Los dos propietarios más ricos y considerados de la provincia, entre quienes existía una antigua rivalidad, habían señalado aquel día para correr sus corceles. La crecida suma que se atravesaba, el nombre de los dueños de los caballos, la multitud de personas que tomaba parte a favor de cada uno, las parciales, la circunstancia de ignorarse aun cuál era el parejero que el señor de Abreu pensaba oponer al renombrado Atahualpa, vencedor en todos los años anteriores, y sobre todo, ciertos misteriosos rumores que circulaban relativos a una conspiración tramada por los patriotas, habían dado a las presentes carreras una celebridad inaudita, una celebridad americana, ya que no europea.

Desde los más remotos confines de la Banda Oriental, lo mismo que de las provincias del Brasil y de la República Argentina, fronterizas a las nuestras, los gauchos, los estancieros, y hasta indolentes habitantes de las ciudades, aficionados en extremo a esta clase de diversiones, habían acudido en tropel a malgastar allí alegremente, como es costumbre en América, siempre que hay ocasión, su tiempo y su dinero.

Además de los 200.000 mil patacones de los dos capitalistas, se calculaban a esa hora en un 1.000.000 de pesos fuertes las apuestas de los particulares.

Magnífico era el golpe de vista que ofrecía la extensa llanura, cuajada de gentes de todas edades, sexos y condiciones. Cuadro encantador que, trasladado al lienzo, mientras lo iluminaba los tibios resplandores del Sol de la tarde, reflejaría una de las faces más bellas y poéticas de la vida de nuestros campos. Variados y caprichosos trajes, indómitos bridones, adornados con regia esplendidez o con salvaje pompa...

Los ricos chamales de seda, los graciosos sombreros de jipi-japa, salpicados de raras y preciosas flores, cuyo hermoso colorido no igualaba a su fragancia; las lujosas vestas de grana y terciopelo; los bordados ponchos con flamante botonadura de filigrana, que descendía en triples hileras desde la garganta al pecho; los puñales, incrustados de brillante pedrería, se confundían con el grosero lienzo, con la raída bayeta, con las remendadas chupas, con los abollados sombreros y grasientos cuchillos de los peones y gauchos pobres. Los briosos corceles, ostentando con marcial orgullo las argentadas estrellas y cadenillas, que, eslabonadas y pendientes en el centro de un Sol de oro, esmaltado de rubíes, envolvían su cabeza como una red de nácar, y sujetaban el freno y las riendas, también de plata, hacían resaltar más el humilde arreo de los que por toda gala llevaban el lazo arrollado, sobre la grupa de su caballo, y la frente y los encuentros de éste ceñidos por una banda de lucientes plumas...

Crecía la muchedumbre por instantes; do quier que se volviesen los ojos la veían agolparse en distintas direcciones, unida y compacta como un mar de centauros. La Tierra desaparecía bajo sus huellas, y el murmullo, las voces, los gritos, las carcajadas, de los jinetes, el movimiento, el galope y los relinchos de los caballos, formaban un ruido sordo y prolongado, que, vibrando a la distancia, imitaba el confuso rumor que precede a la erupción de los volcanes.

Eran ya las tres y media.

Lejano redoble de tambores, agudo son de clarines y cornetas, vinieron a distraer por un momento la impaciencia de los circunstantes...

Mil hombres de las tres armas avanzaron divididos en columnas de a cien, y se situaron a lo largo de la llanura en las posiciones más ventajosas.

Aquella tropa era toda la que había en el departamento, y el comandante general, temiendo la intentona de que hemos hablado antes, había dispuesto que se reuniese allí antes de empezar las carreras, con el objeto de intimidar a los revolucionarios, o castigar su audacia si se atrevían a levantar el estandarte de la rebelión.

A poco aparecieron Suárez y Abreu; pero solo el primero traía su caballo; el segundo, con una agitación que en vano procuraba ocultar, sacaba continuamente el reloj maldiciendo interiormente su mala estrella, y figurándose que el gaucho le jugaba una pesada burla. Sus amigos, pensativos y cabizbajos, le seguían, preguntándole a cada paso si vendría o no. Faltaban dos minutos para las cuatro, y Amaro no parecía.

Su rival se frotaba las manos de gozo, arrojándole sarcásticas miradas que se clavaban como punzantes flechas en el corazón de Abreu.

Ya se disponía éste a dar orden que ensillasen el corcel que montaba, que era el mismo con el que pensó primero sostener el desafío, cuando lejana vocería, estrepitosos bravos y palmadas le hicieron volver la cabeza, y divisó a Amaro que se encaminaba hacia él, seguido de la muchedumbre, la cual, viéndole venir en pelo, echado el sombrero sobre la frente, y cubierto el rostro, a excepción de los ojos, con un pañuelo de seda, adivinó que era el corredor, el único a quien aguardaban para empezar las carreras.

Los gauchos se agolpaban en torno suyo, y mil exclamaciones volaban de boca en boca ponderando la bella planta del corcel que montaba; los circunstantes se deshacían en elogios, y los competidores de Abreu lo miraban acercarse llenos de desconfianza y sobresalto.

La gallarda presencia de Daiman y su color pangaré, muy estimado y acaso el primero, en opinión de los inteligentes, hacían formar de él, al primer golpe de vista, la idea más ventajosa. Luego su pequeña cabeza, su cuello largo y enarcado, sus delgadas piernas, sus anchos encuentros, su escaso vientre, su descarnada grupa, el fuego que brillaba en sus ojos inteligentes, que al galopar se revolvían chispeando en sus grandes órbitas como dos esferas de hierro candente, pretendiendo dejar atrás a su propia sombra, calidad característica de los buenos parejeros, su poblada cola, la manera como erguía las orejas moviéndolas en dirección opuesta, la arrogancia con que apoyaba el casco en la Tierra, tascaba el freno y sacudía sus ondeantes crines, que casi barrían el suelo, su impetuosidad y empeño en adelantarse a los demás... todo, todo indicaba que aquel caballo, dotado de una extraordinaria ligereza, había sido adiestrado a la carrera en el desierto, sin haber encontrado todavía quien le venciera y humillara su altivez.

—Podemos empezar, si os place, señor Suárez —dijo el comerciante con una satisfacción que contrastaba con su anterior despecho y mal humor.

—Cuando gustéis, señor de Abreu —contestó aquel con frialdad.

—Cancha, cancha, señores —gritaron los jueces nombrados para presidir las carreras y dirimir cualquier disputa que pudiera tener lugar.

Los espectadores, al oír la frase sacramental con que generalmente empiezan estas diversiones, se abrieron a derecha e izquierda, repitiendo: ¡Cancha, cancha! palabra que, pronunciada por mil voces distintas, producía en la apiñada muchedumbre el mismo efecto que la férrea quilla de un bergantín, que vuela dividiendo las movibles aguas del mar, acariciado por las nocturnas.

En menos de diez minutos se formó una larga calle de cincuenta varas de ancho y una legua de largo. Los jueces hicieron cuatro rayas en el suelo con intervalos de cien pasos entre cada una: los corredores de Atahualpa y Daiman se colocaron en la primera, y a una señal suya comenzaron los bareos, que consisten en lo que vamos a referir.

Primero marcharon ambos jinetes paso a paso hasta la segunda raya, y volvieron atrás; luego al trote hasta la tercera, y retrocedieron igualmente; después al galope hasta la cuarta, tornando a colocarse a la primera, procurando siempre cada uno detener el ímpetu de su caballo, a fin de inspirar confianza a su adversario.

Enseguida galoparon cuatro o cinco veces desde la primera hasta la segunda, tercera y cuarta línea sucesivamente, y
cuando los que presidían la carrera, viendo que pisaban juntos la última raya, gritaron ¡ahora! respondieron los jinetes
¡ahora! y se lanzaron a toda brida seguidos de los jueces y de
la multitud, que se replegaba tras ellos a medida que pasaban
por delante de ella devorando el espacio, cual fugitivos pla-
netas atraídos por el Sol en medio del vacío.

Largo trecho galoparon juntos, y la victoria se mantuvo
indecisa. Los dos parejeros eran excelentes, y se temía, no sin
razón, que a un tiempo pisasen la meta.

Inclinados ambos jinetes sobre su cuello, anhelantes les
palmoteaban frenéticos y les hablaban con voz que dominaba el tumulto ocasionado por el tropel inmenso que los
seguía, sin hacer uso del látigo que reservaban para el último
trance.

Daiman y Atahualpa, bañados en sudor, arrojando por sus
abiertas narices una columna de humo, y mirándose con ira,
redoblaban su esfuerzo a cada palabra de sus amos, cuyas
largas cabelleras, confundiéndose con sus crines, ondeaban
como serpientes amenazadoras que se enroscaban silbando
sobre sus cabezas.

Por una ilusión óptica muy fácil de comprender en la rapidez de su carrera, en medio del torbellino de polvo y la nube
vaporosa que los envolvía, los rayos del Sol quebrándose y
repercutiéndose velozmente, les prestaban a cada momento
nueva forma y colorido. La imaginación, asaltada de un vértigo fantástico, ora creía ver a la distancia dos fenómenos
luminosos, dos de esas sombras colosales que al caer la tarde
suele divisar con espanto el viajero que ignora su casa, en las
cimas de la alta cordillera: ya dos enormes moles de granito
bajando por el rápido declive de una montaña al fondo de un

valle; tan pronto dos gigantescos cóndores, batiendo sus anchas alas y cerniendo su raudo vuelo al confín de la llanura, como los toros salvajes que salen del bosque con atronador mugido llevando encima dos tigres feroces, cuyas aceradas uñas les desgarraban la piel, clavada la boca en su cuello hecho trizas por sus afilados dientes...

No faltaban ya más que seis cuadras para llegar a la meta; la ansiedad y la expectación iban en aumento. Un silencio sepulcral, interrumpido únicamente por el pausado galopar de los caballos, se sucede a la animada conversación de los circunstantes. Nadie habla, nadie pregunta nada, nadie levanta la voz ofreciendo juego: todos miran, todos suspensos y ansiosos, como si se tratase del más grave e importante asunto, aguardan, latiéndoles el corazón, a que se decida el triunfo.

De repente Daiman pasa a su contrario y un grito, semejante al estampido de un trueno, retumba de un extremo a otro; Atahualpa, furioso, le alcanza y le pasa a su vez: habla el gaucho a su corcel, y este le deja de nuevo atrás; torna Atahualpa a alcanzarle, y torna Daiman a adelantársele. El corredor del primero apela entonces al último recurso; se incorpora, sus talones espolean los flancos del vencido, revuelve el brazo a un lado y a otro cruzándole con el látigo las ancas y el vientre. El noble corcel, indignado, levanta la cabeza, tiembla de coraje, da un bufido, y, por vez postrera, alcanza a su rival.

Amaro imita el ejemplo de su competidor, y cierra piernas a su caballo sin castigarle.

Daiman al sentirse aguijoneado eriza la crin, irgue las orejas, tiende el cuello, alza la frente arrojando llamas por los ojos, la inclina hiriéndose los encuentros con la barbada del freno, y más veloz que una bala al escaparse del tubo inflamado que la contiene, hiende los aires, porque sus pies no tocan la tierra.

Atahualpa hace un último esfuerzo, se agita, alarga sus crispados miembros, aspira el aire con ardientes resoplidos, sigue con la vista empapada en lágrimas las huellas de su vencedor; pero ¡ay! ¡en vano!... en el mismo momento que este pisa la meta triunfante, cae reventado él a cincuenta pasos, arrojando un río de sangre por la boca y las ventanas de la nariz.

Un coro de aplausos y vivas atruena la llanura; Daiman, victorioso, es aclamado hasta por sus mismos enemigos, y Amaro, olvidándose en medio de la embriaguez del triunfo de que aún no era tiempo de descubrirse, pues faltaba más de una hora para anochecer, momento convenido para dar el golpe cuando empezasen las tropas a desfilar, cediendo a la costumbre, se sacó el sombrero y el pañuelo que le ocultaba el rostro para saludar a la multitud.

—Quiso su mala estrella que entre los espectadores más inmediatos hubiesen varios brasileros del departamento de Tacuarembó, que le conocían muy bien por haber sido prisioneros suyos, los cuales apenas le vieron comenzaron a gritar, huyendo como si hubiesen visto al diablo.

—¡Caramurú! ¡Caramurú!

Un escuadrón de tiradores de caballería se adelantó al paraje de donde salían aquellos gritos alarmantes.

Amaro hizo una señal para que permaneciesen quietos a algunos gauchos que se hallaban a su lado iniciados en la rebelión por el Cambueta, volvió tranquilamente su caballo, y enderezó el rumbo hacia el barranco, en cuyas profundidades corría el Uruguay, único paraje que, defendido por la propia naturaleza, no estaba guardado por las tropas enemigas.

Los tiradores corrieron tras él, y su jefe le gritó que se detuviese, si no quería que le mandase hacer fuego.

El gaucho, con aquella sonrisa irónica que tan bien cuadraba a su fisonomía varonil, volvió la cabeza sin detenerse, y se golpeó la boca, manifestándole así el caso que hacía de sus amenazas.

El jefe mandó hacer fuego: doscientos tiradores, en pelotones de a cincuenta descargaron sus tercerolas contra el fugitivo por dos veces a menos de cuarenta pasos.

Él, siempre a escape, cada vez que oía gritar ¡fuego! daba una vuelta por debajo de la barriga del caballo, con la destreza admirable de los indios Guaycurús, de quienes había aprendido esta evolución, y tan pronto como escuchaba silbar las balas se incorporaba en su potro y continuaba impávido en su carrera.

Los brasileros y los espectadores juzgaban que aquella resistencia era un solo capricho del célebre guerrillero, que prefería morir a rendirse. Suponían que viéndose obligado a costear el barranco, e imposibilitado de traspasar el cordón de soldados que guarnecía la llanura, al fin, de un modo u otro, muerto o vivo, caería en sus manos.

Pero con gran sorpresa suya, con espanto y asombro de todos, amigos y enemigos, Amaro al llegar cerca del barranco, sonriéndose, echó el halda del poncho sobre los ojos de Daiman, le cerró piernas y se precipitó con él al río desde una altura de cuarenta pies.

Cuando llegaron los tiradores y la curiosa muchedumbre, creyendo encontrar solo un cadáver flotando sobre las aguas, el indómito gaucho, prendido con una mano de las crines de su parejero, y nadando con la otra, llevado por la corriente, próximo a tocar la orilla opuesta, se golpeaba otra vez la boca, gritando a los brasileros por despedida:

—¡Ya nos veremos las caras!...

Semejante rasgo de audacia dejó a todos inmóviles y pe-
trificados, y cuando los soldados, a la voz del jefe, volvían
a cargar sus tercerolas, ya él salvaba la margen del río y galopaba hacia la selva, de donde salían a galope sus audaces
montoneros, alarmados por las descargas y pensando que
por alguna fatal casualidad se había empezado la lucha antes
de la hora convenida.

XIV. La montonera

La pequeña hueste de Amaro reunida ya a su jefe, equipada y provista de armas en aquellos días, avanzaba lentamente en orden de batalla, silenciosa, imponente, resuelta como los trescientos compañeros de Leónidas, a morir peleando. El Sol, próximo a hundirse en el ocaso, hacía brillar la desnuda hoja de sus corvos sables y la fulmínea punta de sus lanzas con siniestros resplandores.

La confianza y decisión con que marchaban a una muerte, al parecer inevitable, despertaba en sus enemigos un sentimiento muy parecido al miedo, hijo tal vez de la admiración que les infundía a su pesar, aquel arrojo sobrehumano.

El nombre de Caramurú, sin embargo, bastaba para esparcir el terror en sus filas, como el caballo del Cid para poner en vergonzosa fuga a los infieles.

La multitud, previendo lo que iba a suceder, se había dispersado más rápida que una bandada de palomas, a la aproximación de un milano.

Entre los fugitivos iban don Carlos y don Nereo: el conde, arrastrado al principio por las oleadas de los que huían, valiente, y pundonoroso militar, apenas se vio libre volvió al campo, sin querer oír los ruegos de su hermano y de su futuro suegro, que le suplicaban se viniese con ellos a la ciudad, puesto que estaba desarmado; y no tenía responsabilidad ni mando en las tropas reunidas allí, las que, por otra parte, siendo muy superiores en número, y la mayor parte veteranas, no podrían menos de arrollar a los insurgentes.

—Os engañáis —respondió él meneando la cabeza—, Caramurú está a su frente; ese bandido, ese demonio acostumbrado a batir mil soldados nuestros con cien montoneros suyos. Y además, ¿creéis que solo con ellos tendremos que

pelear?... ¡Mirad! por la parte opuesta, detenidos en el confín
de la llanura, cerca de mil rebeldes se disponen a secundar-
los. La cosa es más seria, de lo que pensáis, amigos míos. Mi
deber me llama allí; adiós.

Y espoleó y soltó la brida, a su caballo, perdiéndose muy
pronto de vista.

Sobrábale razón a don Álvaro: ochocientos gauchos, peones y esclavos divididos en cuatro grupos, aguardaban la
señal de acometer. Unos sacaban los trabucos y sables que
llevaban ocultos, los primeros bajo el poncho, y los segundos bajo las caronas, otros esgrimían sus largos facones, y
el mayor número blandía sus formidables bolas y doblaba
el lazo, haciendo silbar por encima de su cabeza la pesada
argolla de hierro que sirve de contrapeso para lanzarle hasta
a cincuenta varas de distancia. Todo anunciaba que la lucha
iba a ser encarnizada, y que los brasileros, en caso de vencer,
comprarían muy cara su victoria.

El comandante general, confiado en sus mil soldados y en
la ventaja de su artillería e infantería, resolvió esperarlos a
pie firme, y dispuso que se replegasen sus batallones y deja-
sen aproximarse a los rebeldes a tiro de cañon. El apóstata
oriental, el traidor don Ricardo Floridan ignoraba con quien
se las había, y juzgaba tan seguro el triunfo, que solo temía
que sus contrarios no se atreviesen a atacarle. Quería que no
se le escapase ni uno solo.

—¡Viva la patria! —gritó Amaro volviéndose a los suyos.

—¡Viva la patria! —gritaron estos.

—¡Patria y libertad! —contestaron a su frente sus amigos,
y en el mismo instante, los montoneros y sus aliados, se lanzaron a toda brida sobre las huestes brasileras.

Una detonación espantosa ensordeció la llanura: cuatro
cañones preñados de metralla y quinientos fusiles estallaron

a la vez, esparciendo la muerte y la desolación entre las filas de los patriotas.

Terrible fue aquel momento; una tercera parte de los valientes mordió el polvo: una nube de negro humo los envolvió, como un ancho sudario el inmenso cadáver de un gigante, y un coro desgarrador de ayes, lamentos o imprecaciones resonó tristemente como el himno fúnebre que anunciara su derrota.

—¡Viva la patria! —tornó Amaro a repetir sin detenerse con voz tremenda, que dominaba el fragor de los cañones y los lamentos de los moribundos:

—¡Viva la patria! —contestaron sus esforzados compañeros, siguiendo sus huellas.

—¡Patria y libertad! —volvieron a gritar sus aliados, ya encima de los invasores; y unos y otros cayeron simultáneamente sobre los cuadros enemigos, rompiendo la triple muralla de bayonetas que les cerraba el paso.

Entonces se trabó un desesperado combate a arma blanca, en el que cada patriota tenía que pelear contra diez realistas, y en el que, a pesar de su valentía, era de temer que al fin cediesen agobiados por el número.

Los portugueses huían, es verdad; pero a su retaguardia otros batallones venían en su apoyo, y mientras los rebeldes se volvían y los desbarataban, los fugitivos se rehacían y los esperaban de nuevo con las armas preparadas. La única ventaja que llevaban los orientales era que la caballería enemiga, como de costumbre, había huido cobardemente a los primeros choques, y abandonada la infantería, rota y dispersa varias veces, vagaba aquí y allí, sin poder reunirse en una sola columna, como sus jefes anhelaban. La rapidez y arrojo de los montoneros, el espanto que infundía Amaro apenas se aproximaba, hacía abortar sus mejores maniobras e inutilizaban toda su estrategia y sus esfuerzos.

Cabalgaba el intrépido gaucho sobre un arrogante potro, negro como las negras sombras que envolvían el caos antes que Dios separase la luz de las tinieblas, veloz como el pampero cuando el invierno desata sus alas, y blandía en su mano una poderosa lanza, cabo de ébano, que remataba en dos medias lunas. Se había sacado el poncho, empapado en agua al precipitarse en el río: tenía descubierta la cabeza; el sombrero flotaba sobre sus robustas espaldas, sujeto a la garganta por el barbijo; descendía, hasta besar los hombros, su cabellera húmeda, destrenzada en lacias guedejas; el entusiasmo bélico, la sed de venganza, el estridor de los sables, la vista de la sangre, el ambiente de la pólvora contraían sus labios, coloreaban sus mejillas, crispaban sus músculos, erizaban sus bigotes, y comunicaban a sus negras pupilas no sé qué eléctricas vibraciones, qué efluvios de luz, que producían en la muchedumbre el efecto de los magnetizadores en las personas sujetas a su influencia. Parecían dos soles rojizos, que giraban como estrellas artificiales, despidiendo un millar de chispas centelleantes.

Así, ceñido de una aureola de fuego, más terrible que el apóstol Santiago combatiendo contra los musulmanes, revolvíase sobre el caballo, llevando la muerte donde fijaba sus ojos; la muerte, sí, porque el rayo de su mirada no era más ligero que la punta de su lanza. El pensamiento y la acción se sucedían en él con tal velocidad, que era imposible distinguir si el primero engendraba a la segunda, o si éste era engendrado por aquella.

Empero ya el Sol había desaparecido, y muy pronto el crepúsculo iba a extender su gasa de sombras por el Occidente. Era preciso, pues, antes que llegase la noche arrollar a todo trance a los que se conservaban en el campo para que se declarase una derrota general en el pequeño ejército enemigo, Amaro había jurado clavar esa noche el estandarte azul y blanco en las trincheras de Paysandú, y cubierto de gloria devolver a Lia a su padre, o perecer en la demanda. Su suerte estaba echada, vencer o morir.

Detuvo su corcel un momento; paseó la vista por la llanura para cerciorarse del estado en que se encontraban tanto los suyos como los enemigos, indagó si les venían refuerzos de alguna parte, y cuando ya se preparaba a volver sobre ellos, notó por casualidad en el horizonte lejano, encima de una montaña, un bulto blanco, la forma vaga y misteriosa de una mujer, mirola, sintiendo acrecer su esfuerzo al contemplarla, su anhelo de triunfar o sucumbir.

¡Ah! la voz secreta de su corazón, que nunca le engañaba, le decía que aquella mujer era Lia; Lia, que había salido del bosque contraviniendo sus órdenes, y después de haber rogado a sus guardianes que le acompañasen hasta la cumbre del monte, tales cosas les dijo que les obligó a avergonzarse de su inacción y a volar en apoyo de sus compañeros, exponiéndose al enojo y acaso a la venganza de su jefe.

—Su amante la había dejado custodiada por diez hombres, los cuales debían, si la suerte le era adversa, acompañarle al otro día hasta cerca de Paysandú, y entregarla al vaqueano para que la pusiese en manos de su padre; pero ella, a las primeras descargas, con un valor admirable en sus pocos años y en su sexo, mandó a los gauchos que la llevasen a alguna de las montañas inmediatas, que dominaban la llanura, y estos, que solo tenían orden de no separarse de ella, pero no de oponerse a su voluntad, obedecieron.

Llegaron a la cumbre en los momentos en que, rechazados los auxiliares de Amaro, huían en desorden ante un batallón realista capitaneado por el conde, los únicos que sostenían dignamente el honor de las armas brasileras.

—¡Ay! Huyen los nuestros —dijo Lia acongojada, alzando las manos al cielo—: ¡todo se ha perdido!

—Todavía no; ¡ya se reharán! —contestó uno de los que la acompañaban con la sombría calma peculiar de los gauchos cuando están muy afectados—, y, además, mirad a la izquierda... allí... cerca de la artillería... ved como corren los intrusos...

—Sí; ¡aquel es Amaro! —gritó la joven, trémula de gozo y de temor—; ya rompe el segundo cuadro, y llega al pie de los cañones enemigos... ¡Dios mío!... ¡Protégele!... Ya no lo veo... ha caído del caballo, ¡ay!...

—Señorita, no os asustéis: no ha nacido todavía el hombre que ha de matar a Caramurú.

—Al mismo tiempo que le apuntaban, le he visto caer —contestó ella sollozando.

—¡Ja! Ja! ¡Ja!... ¿Caer él? Habrá dado alguna vuelta por debajo del vientre del caballo; y si no, miradlo...

En efecto, Amaro disipada la nube de humo y fuego que le envolvió algunos segundos, lanceaba en aquel instante a los artilleros al pie de los cañones, y se iba apoderando de ellos con la mayor facilidad.

—¡Oh! ¡El cielo le protege! —replicó Lia trocando sus lágrimas de pesar en otras de gozo—. ¡Dios da fortaleza a su brazo, y corona con el triunfo su heroico esfuerzo!

Súbita idea, hija del entusiasmo que le inspiraba su amante, coloreó su frente de marfil; un rayo de amor patrio levantó su nevado seno, y condensándose en sus negras pupilas, se escapó de sus labios virginales llevando la convicción de su deber y el ansia de la gloria al corazón de los que la rodeaban.

—Amigos míos —les dijo—, para nada os necesito; dejadme sola, id allí, allí donde caen vuestros hermanos despedazados por la metralla.

Los gauchos se miraron unos a otros manifestando involuntariamente su pesar de verse detenidos allí. Lia continuó:

—¡No os avergonzáis de presenciar el combate en vez de participar de él! ¡Ah! ¡Si yo fuese hombre!...

—¡Por la virgen del Pilar, señorita! —exclamó el que hacía de jefe—; tenemos orden expresa de no abandonaros. Nos va en ello la vida... más que la vida... el aprecio de Caramurú...

—Os juro que nada sabrá, y si lo sabe, ¿crees que me negaría vuestro perdón pidiéndoselo yo?

Los gauchos volvieron a mirarse unos a otros vacilando.

—No hay que perder tiempo —replicó Lia tomando un aire de reina ofendida que la sentaba perfectamente—; ¡ea, marchad; yo os lo mando!

—No puede ser, señorita —contestó el sargento imperturbable.

—¡Eh! —añadió la joven con escarnio, sabiendo que este era el único medio de hacer que saltasen por todas las consideraciones, y se fuesen al enemigo como fieras—; ¡sois unos cobardes, tenéis miedo, y andáis buscando pretextos para disculpar vuestra flojedad! ¡Miserables! ¡No tenéis una gota de sangre oriental en las venas!...

—Eso no, ¡voto al diablo! —gritó el sargento dirigiéndose a sus nueve compañeros—; ¿quién quiere seguirme? ¿Quién quiere venirse conmigo a hacerse matar de puro gusto, para que esta niña se retracte de sus crueles palabras?...

—¡Yo, yo! —respondieron a una voz todos los gauchos.

—Es preciso que alguien se quede.

—No necesito a nadie —repitió Lia dándoles las gracias y animándolos con una mirada capaz de levantar de su tumba a un cadáver—; id, amigos míos, y cubríos de gloria con vuestros hermanos, o caed a su lado. Vencidos o vencedores, aquí me encontraréis rogando por vosotros.

Y no bien se perdieron en el declive de la montaña, la encantadora virgen cayó de hinojos y levantó las manos al cielo orando por la salvación de su patria. Viva imagen de su quebranto y de sus esperanzas, idealización sublime del sangriento drama que a sus pies se representaba, ella simbolizaba el lóbrego presente y el espléndido porvenir de América, triste e incierto ahora, pero en el futuro rico de ventura como una promesa de Dios.

¡Y qué bella, qué hechicera, qué divina estaba sobre la alta cumbre, vestida de blanco, elevando de rodillas sus plegarias al Todopoderoso, entre las dudosas sombras del crepúsculo y la múltiple cuanto pavorosa armonía que se remontaba de la llanura cargada con las almas de los muertos! ¡Cuánto recogimiento en su semblante! ¡Cuánta ternura en su mirada! ¡Cuánta expresión en su actitud seráfica!... Era imposible, sí, era imposible que Dios desoyese su ruego. El ángel de la victoria, compadecido de su dolor, debía posarse sobre las banderas que ella siguiese con la vista...

Amaro penetró serpeando como una centella por en medio de los batallones enemigos; la consternación y el espanto se apoderaron de los brasileros; ya no le esperaban; huían desde lejos al verle venir, y no los ojos, los gemidos de los que caían derribados por su temible lanza, les indicaban su dirección.

En breve la derrota se hizo general: la carnicería fue espantosa: no se dio cuartel por espacio de tres horas.

Don Ricardo Floridan, el marido de doña Eugenia y el conde, cayeron prisioneros, y debieron el no ser muertos a la aparición de Amaro, que llegó cuando los tendían en el suelo para degollarlos.

El primer rayo de la Luna que brilló en el cielo a media noche, encontró clavada en las trincheras de Paysandú la bandera blanca con el Sol de oro y las siete fajas azules, y a dos leguas de allí trescientos cadáveres tendidos en la llanura. ¡Magnífico festín para los buitres y caranchos que en muchos días cruzaron en numerosas bandadas desde una a otra ribera del Uruguay, anunciando la catástrofe a los que todavía la ignoraban!

XV. ¡Todo por ella!

Mientras los realistas huían dispersos, acuchillados por los patriotas, Lia bajó de la montaña acompañada solamente de cuatro de sus guardianes; los demás, fieles a su palabra, habían muerto heroicamente con el sargento a su cabeza.

Cerca de las puertas de Paysandú encontraron al vaqueano, y se dirigieron juntos, según las instrucciones de Amaro, a la comandancia general.

Casi al mismo tiempo entraba aquel por la parte opuesta con el conde y Floridan, que desarmados y silenciosos marchaban a retaguardia, seguidos de otros jefes y oficiales prisioneros.

Tanto el conde como su amigo estaban persuadidos de que el gaucho, al salvarlos de los puñales de sus montoneros, había querido únicamente dilatar su muerte para gozarse luego en su suplicio, y dar a sus plebeyos secuaces el dulce espectáculo de ver morir en el cadalso a la primera autoridad de la provincia y a uno de los primeros títulos del imperio.

Delirio era imaginar que les perdonase, atendida su índole feroz y el espíritu sanguinario de que hacía alarde, según la voz general y los hechos que se le atribuían con razón o sin ella.

Sin embargo, existía un eslabón misterioso entre el caudillo patriota y el aristócrata realista, un secreto, secreto terrible, ignorado de Amaro, que, descubierto por el conde, desarmaría su brazo, a menos de ser un monstruo o una fiera.

Empero mediaban tales circunstancias, era tan vergonzosa la revelación para el segundo, que sin duda preferiría la muerte a desplegar los labios. Su orgullo y su aleve conducta con el gaucho, aunque desconocida de éste, le prohibían hablar. Estaba resuelto a morir con la arrogancia y serenidad propias de un hombre de su ilustre linaje: lo contrario le parecía rebajarse demasiado, descender acaso inútilmente hasta el último escalón del envilecimiento.

En cuanto a Floridan, su situación era aun peor; por ningún concepto podía esperar piedad de Amaro: su calidad de apóstata le ponía fuera de la ley. El montonero era inflexible con los que, traicionando a su patria, en vez de romper las cadenas que la oprimían, ayudaban a sus opresores a forjarlas. No había ejemplo de que hubiese perdonado a un solo traidor. Los odiaba más que a los brasileros, si cabe.

¡Oh! Si el desgraciado comandante hubiese sabido que su sobrina era amada con delirio por aquel hombre terrible, cuya voluntad de bronce se quebrantaba ante una mirada suya, cuyos deseos eran leyes para él antes que los expresase, la esperanza habría vertido sobre su corazón despedazado, sobre su frente devorada por la fiebre, el bálsamo adormeciente de sus ilusiones; un rayo de salvación hubiera disipado la negra noche que le circundaba, y su alma, sacudiendo su mortal congoja, habría confiado en la bondad divina.

Amaro entró en Paysandú a las once de la noche, en medio de los vivas y aclamaciones de toda la población, que se regocijaba, como era natural, por el triunfo de sus compatriotas. Los brasileros trataban al país como país conquistado, y eran odiados en todas partes.

El vencedor se encaminó a la casa donde le esperaba Lia; mandó llamar a su padre, y al propio tiempo dio orden para que trajesen a su presencia al comandante general y al conde.

Cuando éstos llegaron, Lia se retiró a una pieza inmediata, no sin exigir antes a Amaro que los perdonara.

El gaucho nada respondió: había resuelto ser implacable.

Los dos prisioneros se presentaron: Floridan, abatido y trémulo como un reo en la presencia de su juez; el conde, con aire arrogante, erguida la cabeza, despreciativo y hasta insolente.

—Señores —les dijo Amaro—: si tenéis algo que encomendarme para vuestras familias, podéis hacerlo, porque, mañana a las doce vais a ser fusilados con todos los individuos del ejército brasilero, de teniente para arriba, que hayan caído prisioneros.

Floridan se estremeció, quiso hablar, y no pudo; la voz se le anudó en la garganta, y pálido, azorado, con el frío del miedo, tiritando, fijó sus espantados ojos en su inexorable enemigo, demandándole piedad.

El conde, por el contrario, se sonrió con desdén, y lanzó al gaucho una mirada que acabó de exasperarle.

—Sí; es preciso hacer un escarmiento —continuó Amaro—: vosotros nos habéis puesto fuera de la ley; fusiláis hasta a los soldados: yo, más noble, más generoso, me contento con la cabeza de los jefes. Vamos, ¿no tenéis nada que decirme?

—Nada —contestó don Álvaro con arrogancia—; nada, sino que eres un asesino infame, un cobarde, que libras a tus enemigos de morir en el campo de batalla para gozarte luego en su agonía.

—¡Miserable! —gritó el gaucho temblando de cólera—, tú no sabes el sacrificio que hago al entregarte a la muerte tanto a ti como a ese apóstata, a ese vil renegado, baldón del suelo que le vio nacer. Había pensado perdonarte para tener el gusto de arrancarte yo mismo la vida peleando frente a frente; motivos muy poderosos me obligaban a ello; ¡tu hermano, a quien debo algunos favores; el señor de Niser, a quien estimo como a su padre; una mujer por cuyos caprichos más insignificantes sacrificaría mi existencia, mi reputación, mi gloria!... ¡Todos me pedirán de rodillas que te perdone, y no te perdonaré, no! ¡Porque si te perdono a ti, tendré que perdonar a ese traidor, y con ese a los demás, y yo antes que todo soy justo; la voz de mi conciencia, el inquebrantable juramento que he hecho de vengar a mis compañeros de Tacuarembó inmolados atrozmente por vosotros, me obligan a arrastraros al cadalso contra mi voluntad, a labrar con vuestra muerte mi eterna desgracia!

—Pues entonces, ¿por qué, por qué no dejasteis que nos degollasen? —replicó, el conde.

—¿Qué sé yo? Cedí a un impulso involuntario, a un sentimiento de hidalguía del que muchas veces he tenido que arrepentirme.

Don Álvaro tornó a sonreírse con menosprecio, mirándole de arriba abajo y volviéndose de espaldas desdeñosamente, como si tuviese a menos seguir la conversación con él.

El gaucho, lastimado en su amor propio, herido en lo más vivo por el desprecio de aquel hombre, a quién abominaba desde que sabía que era el esposo futuro, de Lia, levantó la mano para lavar su agravio con una bofetada; pero volviéndose de pronto don Álvaro, esquivó el golpe, le cogió la muñeca, le devolvió en el rostro el golpe que le asestaba, y le rechazó con violencia.

Amaro perdió la cabeza, desnudó el puñal, y le hubiera muerto allí sin remedio, a no haberse abierto una de las puertas que comunicaba a las habitaciones interiores, y presentádose Lia, acompañada de su padre y de don Nereo.

Los tres se interpusieron entre ellos.

Amaro, al verlos, pasando por una brusca transición de la más grande ira a una afectada tranquilidad, se contuvo: cualquiera diría que se avergonzaba de su arrebato con un hombre desarmado: dirigiose lentamente a la mesa, tomó una campanilla de plata, y la sacudió con mano convulsa e insegura.

No reflexionaba; estaba loco; la ira embargaba sus potencias. Era la primera vez que un hombre se atrevía a ponerle las manos en la cara. ¡A él! ¡A Caramurú!... ¡Al valiente ante quien temblaban los más valientes!

Al áspero son que despedía la campanilla, agitada con frenesí, un capitán y varios soldados que habían traído a los prisioneros acudieron presurosos.

—¡Llevad a esos dos hombres, y fusiladlos en el acto! —gritó Amaro, lívido de coraje, y dando diente con diente.

Don Nereo se precipitó para implorar el perdón de su hermano descubriendo su secreto; pero éste, que adivinó su intención, le cogió por el cuello, le atrajo a sí, y le dijo al oído:

—Te ahogo entre mis manos si le revelas lo que debe siempre ignorar.

Tan acostumbrado estaba el comerciante a las menores insinuaciones de don Álvaro, que se resignó llorando a verle morir, cuando estaba convencido que le bastaría pronunciar una palabra para salvarle. Con todo, prometiéndole no tocar aquel punto, procuró recibir el mismo resultado por otros medios.

Lia y don Carlos se habían arrojado a los pies del ofendido, que los rechazaba sin querer oírlos. Don Nereo cayó también de rodillas, y uniendo sus súplicas a las de aquellos, añadió:

—¡Te daré un millón, dos, mi fortuna entera, si le perdonas!...

—Todo el oro del mundo no sería bastante para lavar la afrenta que me ha hecho —contestó Amaro, volviendo la cabeza, ya medio enternecido por los ruegos y las lágrimas de Lia.

—Perdónale —decía ella abrazando sus rodillas—; perdónale en nombre de nuestro amor.

—¡Dios del cielo! —exclamó don Álvaro al escuchar las últimas palabras de la joven, y al notar el efecto que producían en el implacable y feroz gaucho—; ¡conque ese miserable es tu amante! ¡Conque ese villano ha sido el que te ha robado de la estancia!...

—¡Llevadlos! —gritó Amaro segunda vez, enconada la herida de su ultraje por el rudo apóstrofe del despechado amante.

—¡Sí, menguado! Ahora, comprendo tu conducta —dijo el conde encaminándose a la puerta—; en vez de buscarme lealmente como un hombre de honor, prefieres deshacerte de mí, confiando a tus viles sayones la venganza que debieras tomar por tu mano. ¡Ah, cobarde; te conozco! Me temes, y por eso me asesinas... Ahora siento morir, porque al odio que te profeso hace mucho tiempo se une la desesperación de saber que eres mi rival... ¡Ah! ¡El infierno te ha puesto en mi camino!...

—¿Lo oyes, Lia? —exclamó el gaucho entre irresoluto y furioso—, ¡y tú quieres que perdone a ese hombre! ¡No, jamás! Llevadlos, repito.

—¿Y dónde se ha de hacer la ejecución?... —preguntó el oficial.

—Fuera del pueblo, a espaldas del cementerio.

Entonces Floridan, que hasta aquel momento había permanecido apoyado contra la pared aterrado e inmóvil, al sentir que le empujaban para llevarle al suplicio, volvió de su enajenación, y con un grito desgarrador tendió los brazos a Lia, diciéndole:

—¡Al menos pídele por mí, que soy tu tío nada le he hecho!...

Los soldados le arrastraron junto con don Álvaro, a pesar de sus esfuerzos, y don Nereo salió también acompañando a su hermano. Lia se desmayó en brazos de su padre, que lloraba como una criatura.

Al contemplar tan doloroso cuadro, el gaucho cruzó los brazos, y dejó caer la cabeza sobre el pecho como un hombre desesperado: un pensamiento magnánimo, digno de él, reluchaba con sus agravios, y el deseo de obedecer a los nobles impulsos de su alma, hidalga y generosa. Tres veces se encaminó a la puerta, y tres veces retrocedió... por último, quedose clavado en el umbral, y después de algunos instantes de indecisión y angustia, se dijo: ¡Todo por ella! y corrió en busca de los prisioneros.

Alcanzolos fuera ya de la ciudad: llamó aparte al conde, habló con él dos palabras, dio sus instrucciones al oficial que mandaba el piquete, y se volvió a la comandancia general.

Lia había vuelto de su desmayo, y lloraba amargamente: nunca se imaginó que su amante fuera tan cruel.

Por eso al verle entrar, pálido y demudado, impreso todavía en sus facciones el sello de la terrible lucha que acababa de sostener consigo mismo, apartó la vista de él con horror, y suplicó a don Carlos que se la llevase de allí.

El buen anciano, sin poder dominar su profunda pena, le echó en cara su barbarie.

—¡Insensato! —le dijo—; has abierto un abismo insuperable entre ti y ella. Nunca consentiré que dé su mano al verdugo de su familia. Don Ricardo es su tío, y vínculos muy estrechos de parentesco nos unen con el conde.

Amaro le escuchaba resignado sin mover los labios. Diríase que reconociendo la gravedad de su culpa y arrepentido de ella, imploraba misericordia.

Y así se pasó media hora; Lia, y su padre, lamentándose y abrumándole con sus justas quejas, y él inmóvil parado delante de ellos, oyendo cuanto le decían, sin responder a nada.

Lejana descarga retumbó a lo lejos... la frente de Amaro se dilató con melancólica alegría cual si se viese libre del grave peso que le prensaba el corazón.

—¡Ay! —exclamó Lia, arrojándose a los brazos de su padre bañada en llanto—; ¡ya han muerto!

—¡Ya han muerto! —repitió dolorosamente el anciano—: gózate en tu obra, Amaro.

—¡Se han salvado! —contestó pausadamente el gaucho.

—¿De veras? —preguntaron a la vez el padre y la hija dominados por el tono solemne con que él se expresaba.

—Sí —continuó el generoso caudillo animándose por grados—, y considera, Lia, cuánto te amo, cuánta es la ceguedad de mi pasión, cuando por ti quebranto mi juramento de ser inexorable con los traidores; me expongo a perder el prestigio que gozo entre mis parciales, perdono a ese hombre, que me ha inferido, no ya como enemigo, sino como rival, el ultraje más grande que se puede hacer a otro hombre; y por último, mañana dejaré ir en libertad a todos los prisioneros que estaban condenados a morir... ¿Estás contenta?...

Era imposible dudar de lo que Amaro decía; sus miradas, su ademán, su acento, llevaban la convicción al ánimo más incrédulo. Lia, en un arranque de ciego entusiasmo, le abrió sus brazos y le estrechó contra su pecho. Ella conocía a su amante, y valoraba el esfuerzo sobrehumano que debió haber hecho para sobreponerse a las sugestiones de su amor propio; tan cruelmente pisoteado.

—Pero esos tiros... —dijo don Carlos, ¿qué significan?

—Significan que Floridan y don Álvaro, disfrazados de chasques, que llevan la noticia del gran triunfo obtenido por

nuestras armas, han pasado ya por en medio de mis soldados que rodean el pueblo, y se encuentran libres y montados
en dos de mis mejores caballos, galopando con dirección a
Montevideo.

El anciano abrazó a su futuro yerno pidiéndole perdón
por sus inmerecidas recriminaciones, y don Nereo, que entró
poco después, y se arrojó igualmente en sus brazos, prodigándole las más vivas expresiones de gratitud, les contó detenidamente el hecho, con otros pormenores que la rapidez
de nuestra narración no nos permite explanar aquí. Séanos,
pues, lícito aplazar los que lo merezcan para el siguiente capítulo, en el que explicaremos varias cosas que en este apenas
hemos enunciado, en gracia del buen efecto.

XVI. Venganza de un gaucho

Amaro había resuelto, según se expresaba, hacer un escarmiento con los jefes prisioneros: su amor, más enérgico que su voluntad, sofocó la explosión de su venganza. A todos los perdonó sinceramente, menos a don Álvaro, porque era imposible, aunque lo desease. Hombres de su temple no reciben una bofetada y se quedan con ella. Hay agravios que solo con sangre se lavan.

En medio del rencor y justa indignación que le ocasionara el ultraje del conde, no podía menos de conocer que era un valiente; y esto, junto con sus sarcasmos y la mortificación de que creyesen los demás que le mataba porque le tenía miedo, contribuyó no poco a que cediese al fin a los nobles impulsos de su corazón y a los fervorosos ruegos de las personas que más amaba en el mundo: Lia y su padre.

Don Álvaro había dicho que se deshacía vilmente de él, porque era un cobarde, incapaz de exigirle por sí mismo la satisfacción que estaba pronto a darle; y Amaro, vuelto de su momentánea alucinación, comprendió que para vengar su ofensa cual caballero, aquel era el camino y no otro: un duelo a muerte.

Tan pronto como esta idea surgió en su cabeza, salió, montó a caballo, y voló en busca de ellos.

Ya hemos indicado que afortunadamente logró alcanzarlos fuera del pueblo, a pocos pasos del lugar donde debía verificarse la ejecución.

—¡Deteneos! —les gritó desde lejos, no bien los divisó—, ¡deteneos!

Soldados y prisioneros volvieron el rostro con igual sorpresa: habían conocido la terrible voz de Caramurú.

Aproximose éste a galope, bajó de su alazán, y tomando al conde de un brazo, se alejó con él a bastante distancia para que no le oyesen los demás,

—¿Sois hombre de honor?...

—Dudo que me lo preguntéis —contestó don Álvaro con altanería—, pruebas tenéis de que nadie, ni aun prisionero, me insulta impunemente.

—¿Aceptaréis un duelo a muerte?

—¡Con el mayor placer!

—En ese caso... os dejaré ir en libertad.

—Pensé que nos batiríamos ahora mismo —repuso el conde.

—Ahora no puede ser, conviene que el más impenetrable secreto envuelva nuestro desafío.

—Entonces... —murmuró el señor de Itapeby perplejo.

—Os iréis a Montevideo... dentro de seis meses, el 3 del próximo octubre a la tarde saldréis como de paseo, y os dirigiréis solo al Pantanoso: yo allí os espero... en los médanos.

—¿Las armas?

—Escogedlas vos.

—Me es indiferente; pero para un duelo a muerte estoy por las pistolas.

—Sean las pistolas —respondió el gaucho lentamente—, mas como son armas traidoras, y yo apenas las sé manejar, tiraremos lo más cerca posible.

—A todo estoy dispuesto —replicó don Álvaro afectando la más completa indiferencia para ocultar mejor el disgusto que te ocasionaba aquella proposición—; ¡a todo! siempre, cuándo y del modo que gustéis.

—Excuso advertiros —continuó Amaro—, que esto debe quedar entre nosotros dos, y que no se necesitan padrinos, médicos, ni...

—¡Oh, descuidad!... comprendo: sé de lo que se trata y también tengo yo mis motivos para ocultar este lance; por otra parte...

—Hemos concluido —exclamó el gaucho, sin dejarle terminar la frase—; id con Dios, señor conde; disfrazaos de chasque con vuestro amigo, y estos mismos soldados os acompañarán hasta que salgáis del radio que vigilan mis montoneros.

—Una palabra, una sola palabra —exclamó don Álvaro deteniéndole por el halda del poncho—; decidme: ¿Lia está inocente?

—¿Y lo dudáis, por ventura? ¿Lo dudáis? —repitió indignado su rival, a quién aquella pregunta extemporánea le producía el efecto de un dardo envenenado.

—Creía... pues... juzgaba...

—¡Eh! —continuó Amaro en el mismo tono—; yo no podía deshonrar a la que va a ser mi esposa.

—¿Tu esposa?...

—¡Sí, mi esposa!...

—Hace mucho tiempo que su madre tiene el enlace entre su hija y yo.

—¡No importa!

—Su padre me ha empeñado solemnemente su palabra de honor.

—¡No importa!

—Ella misma, sin que nadie la obligase, me ha dicho que me amaba y accedido muy gustosa a aceptar mi mano y mi nombre.

—¡Mientes! —replicó el gaucho ya exasperado.

—Un miserable como tú no puede ser esposo de Lia Niser —contestó el conde, vertiendo por sus encendidos ojos la hiel de la envidia y de los celos.

—Yo romperé el odioso compromiso que la liga a ti, arrancándote la vida —añadió Amaro con voz seca y breve.

—¡Eso lo veremos! —gritó don Álvaro.

—¡Silencio, imbécil! —murmuró aquel poniéndole la mano en la boca—; no es preciso que otros se enteren de lo que tratamos...

El conde ahogó en su garganta el torrente de insultos que brotaban de su corazón, despedazado por todas las furias del infierno.

Amaro dio las órdenes oportunas a su gente, y sus instrucciones se ejecutaron al pie de la letra: Floridan y el conde llegaron a Montevideo sanos y salvos, sin que nadie les molestase en el camino.

Cuatro días después, don Nereo, so pretexto de arreglar algunos asuntos de grande importancia con un banquero que acababa de quebrar, partió a la capital en compañía de doña Petra.

Había presenciado la escena entre los dos amantes, y adivinado por las últimas palabras de su hermano las condiciones bajo las cuales su rival le concedía la libertad. Deber suyo era impedir aquel duelo sacrílego, si no abiertamente, valiéndose de otros medios ocultos que surtiesen el mismo efecto.

Antes de partir entregó los 100.000 patacones de la apuesta a Amaro, que mandó distribuirlos entre su gente, sin reservar ni un peso para él. Desinteresado y generoso proceder que aumentó su popularidad y disipó el general disgusto y descontento de sus feroces montoneros, a consecuencia del perdón, otorgado a los oficiales brasileros, y sobre todo al comandante don Ricardo Floridan y al conde de Itapeby.

Don Carlos y su hija, por razones de conveniencia, se retiraron a una estancia que poseía el primero en los confines de la república, cerca de Ituzaingó, paraje célebre por la gran batalla que se dio en él, el 20 de febrero de 1827.

Con las prósperas noticias que corrían, el anciano esperaba que de un momento a otro se viesen los invasores obligados a abandonar el país; y halagado por esta esperanza, deseoso de dar tiempo a la maledicencia y a la calumnia para que se cansasen de despedazar la reputación de Lia, y también a fin de no verse en el duro caso, muy amargo para él, que era en extremo pacífico y prudente, de tener una explicación con el conde, exponiéndose a su venganza si le desairaba, don Carlos resolvió encerrarse en su estancia y aguardar en ella el desenlace de los sucesos.

Amaro iba a verlos frecuentemente, y se pasaba las horas muertas al lado de su adorada y del viejo jurisconsulto, forjando castillos en el aire para cuando llegase el suspirado día de su felicidad. Y si su volcánica pasión hubiera sido susceptible de aumento, sin duda creciera con las continuas pruebas de amor que se prodigaban ambos.

Todos los domingos en la tarde Lia salía a recibirle al camino con un ramo de flores silvestres, que había cogido en el campo para él, y él le daba en cambio alguna preciosa avecilla, prisionera con no pocos afanes por sus montoneros en el fondo de los bosques: inclinábase sobre el cuello del caballo, y al ponerla en sus manos estampaba un púdico beso en la casta frente de la hermosa. Don Carlos se sonreía; invitábale a dar un paseo por los alrededores, y él, que no deseaba otra cosa, descendía de su cabalgadura, y ofreciendo el brazo a Lia, se encaminaban juntos por la margen del cercano río. Contábanse lo que habían hecho en toda la semana, y sin dejar meter baza al pobre viejo, hablaban y hablaban sobre el mismo tema, sobre lo que hablan siempre los enamorados, desde que se reunían hasta que se separaban, prometiendo verse el domingo siguiente.

Amaro galopaba treinta o cuarenta leguas sin descansar, exponiéndose a caer prisionero o a ser muerto, solo por tener el placer de pasar dos horas a su lado, y aunque aseguraba siempre que estaba acampado por allí cerca, Lia, mejor informada, le reconvenía amistosamente, y le rogaba que no se expusiese tan a menudo ni fuese tan imprudente y temerario: exigíale formal promesa de no volver en algún tiempo; él le prometía cuanto deseaba, y al cabo de siete u ocho días se presentaba como de costumbre.

Así se pasaron seis meses, seis meses de envidiable ventura, dos meses de un sueño divino, en que su alma, desprendida de los lazos terrenales por la violencia de su pasión, se nutría tan solo con la pura llama de su amor, e inundando sus corazones de esa misteriosa voluptuosidad, de esa secreta expansión de esos transportes ideales que no necesitan de los sentidos para producirse, les revelaba la felicidad perfecta, eterna, sin noches, sin límites ni horizontes, que Dios guarda a sus escogidos en el paraíso, y gustaban de antemano sus inefables delicias...

Alguna vez, sin embargo, el recuerdo del conde venía a anublar el plácido cielo de sus esperanzas. Lia temblaba por su padre, y Amaro se acordaba con recelo que podía matarle en el duelo a muerte que tenía tratado. Probablemente aquella era la primer ocasión que se le había ocurrido tal idea; porque él, acaso mejor que don Juan Tenorio, estaba habilitado para decir:

> A quien quise provoqué,
> con quien quise me batí,
> y nunca me imaginé

que pudo matarme a mí
aquel a quien yo maté

Pero la felicidad enerva hasta los corazones más intrépidos. Se teme perder el bien que nos ha costado mucho trabajo alcanzar. ¿Cómo no amar la vida?... ¡Era tan dichoso al presente y esperaba tanto del porvenir! ¿Cómo no desconfiar de la negra estrella que le perseguía desde la cuna?... ¡Ay! ¡Tal vez en el momento que llevase a los labios la copa de su ventura; tal vez el plomo de su rival la despedazaría entre sus manos cortando el hilo de su existencia!

Este doloroso pensamiento no dejaba de preocuparle a medida que se acercaba el plazo fatal: mas no por eso tembló, ni dudó de su valor, ni pensó jamás en rehuir el combate o dilatarlo.

Resuelto a matar al conde o a ser muerto por él, presentose en los médanos del Pantanoso en el día y hora convenidos; un hombre le aguardaba desde por la mañana con una carta de don Álvaro.

Grande fue la sorpresa del gaucho cuando leyó la siguiente misiva, fechada en Río de Janeiro.

«Amaro: A los pocos días de estar en Montevideo el gobernador me envió aquí con pliegos para S. M. Creí evacuar mi cometido y volver antes de los seis meses; pero el emperador, sordo a mis ruegos, me ha prohibido expresamente que salga de Río de Janeiro, donde me detiene para confiarme, según dice, el mando de algunas de las fuerzas que se están organizando en Río Grande y que deben en la próxima primavera reforzar a las tropas que tenemos en esa provincia, pues, como no ignoráis, vamos a declarar la guerra a Buenos Aires antes que ella nos la declare.

»Yo espero de vuestra lealtad que no atribuiréis a ningún motivo innoble mi involuntaria falta; y también espero que en cualquier tiempo y ocasión, donde quiera que nos encontremos, aunque hayan transcurrido cincuenta años, realizaremos nuestro desafío como conviene a gentes de honor; es decir, en la forma y modo que teníamos concertado.

»No hay remedio: es preciso que uno de los dos baje a la tumba: los dos amamos a Lia, y uno solo ha de poseerla.»

«El conde de Itapeby»

Amaro se atusó el bigote, guardó la carta, volvió grupas a su caballo, y se alejó tranquilamente, sin querer interrogar al emisario: pensaba escribir al conde.

Creemos excusado advertir que todo había sido una intriga de don Nereo, quien, valido de la amistad que le unía al conde de la Laguna, gobernador de Montevideo, consiguió que enviase a su hermano a la corte, a pesar de sus protestas, y hasta de la resistencia que él opuso, y allí, por medio de su influencia y relaciones con los ministros de don Pedro, y especialmente con Francisco Gómez da Silva, alias Chalaza, favorito del monarca a la sazón, logró que aquel le detuviese con el pretexto que hemos dicho. Don Álvaro estaba desesperado.

Siempre con la esperanza de obtener de un día para otro el consentimiento del emperador, se transcurrieron tres años, en los cuales el Brasil en mal hora declaró la guerra a Buenos Aires.

En mar y Tierra las armas imperiales se vieron humilladas, tan humilladas, que hoy todavía tiembla el imperio delante de Rosas, sin atreverse a recoger el guante que le ha arrojado mil veces a la cara, recordando aquella época desastrosa.

Don Pedro de Braganza, no obstante, hombre de corazón y de mente elevada, antes de abandonar la joya más hermosa de su corona, la disputada provincia cisplatina, reclamada por Buenos Aires como parte integrante del antiguo virreinato, y por él como su frontera natural en el Plata, hizo un postrer esfuerzo, formó un numeroso ejército en la frontera, y no pudiendo marchar él mismo a su frente, como anhelaba, confió el mando al marqués de Barbacena, uno de sus cortesanos en quien más confianza tenía. El conde obtuvo por fin permiso de incorporarse al ejército.

El general argentino don Carlos María de Alvear mandaba las fuerzas patriotas, y Amaro, con sus montoneros, un escuadrón de lanceros alemanes y dos batallones de infantería formaba en el ala izquierda.

Los dos ejércitos se avistaron en la misma provincia de Río Grande, y después de muchas marchas y contramarchas por parte del general enemigo, cuyo objeto aun se ignora, se detuvo una noche en los campos de Ituzaingó, en una situación bastante ventajosa, con ánimo de presentar al día siguiente la batalla, y Alvear, que adivinó su intención, aceptó el reto.

Colocados casi a tiro de cañón, patriotas y realistas se veían desde sus campamentos al fuego cercano de sus respectivos vivaques, y unos y otros aguardaban con impaciencia los primeros vislumbres de la alborada para caer sobre sus contrarios y anonadarlos o ser anonadados por ellos. El entusiasmo y el deseo de combatir era igual en ambos; pero en cuanto a táctica y disciplina, las tropas brasileñas, veteranas en gran parte, eran muy superiores a las nuestras.

Esa misma noche, cerca de la diez, recibió Amaro por medio de un desertor del campo enemigo un billete del conde, que no contenía más que estas breves palabras:

«Dentro de una hora os espero a la entrada del bosque que se extiende a espaldas de vuestra línea: iré solo, y sin más compañeros que mis pistolas.»

El gaucho requirió al punto las suyas, montó a caballo seguido de unos cuarenta jinetes, dio un largo rodeo como si anduviese recorriendo el campo, y por último, ordenando a los suyos que continuasen patrullando y se retirasen cuando oyesen dos o más tiros, se internó solo en el bosque.

Al propio tiempo llegaba el conde por la parte opuesta, disfrazado de gaucho.

Era una clara noche de primavera; la Luna de febrero vertía su luz diáfana y transparente sobre el estrecho recinto donde se habían detenido don Álvaro y su rival, y su amarillo fulgor reflejábase de lleno en el rostro de ambos combatientes. El hacha de los leñadores había derribado los árboles que crecían alrededor, formando un anfiteatro de veinte varas de largo y pocas menos de ancho.

Los dos se saludaron con frialdad inclinando levemente la cabeza.

—Nos colocaremos a veinte pasos y tiraremos avanzando —dijo el conde amartillando sus pistolas.

—A veinte pasos es mucha distancia —contestó Amaro preparando las suyas.

—A diez.

—No: ha de ser cogidos de la mano.

—¡Eso es un asesinato estúpido! —exclamó don Álvaro con viveza.

—Caballero —respondió el gaucho contemplándole fijamente y con reconcentrada ferocidad, como si quisiera leer en su interior—; caballero: ¿tenéis miedo de morir?

—¡Miedo no! pero me parece una locura y una necedad suicidarnos de ese modo: con uno de los dos que deje de existir, sobra.

—¡En buen hora! echemos suertes, y al que le toque tirará primero, a quemarropa, se entiende.

Don Álvaro se pasó la mano por la frente, y clavó la vista en el suelo, dudando si admitiría; mas esta indecisión no duró dos minutos; avergonzado de su debilidad, levantó con arrogancia la cabeza, y exclamó precipitadamente:

—¡Acepto!

—En ese caso hacedme el gusto de retiraros a alguna distancia; yo me volveré de espaldas para no veros: sacad una moneda o un objeto cualquiera; escondedlo en una mano, y dadme a escoger. Si acierto, tiraré yo; si no, os tocará a vos matarme.

—¡Sea! —murmuró el conde con voz agitada.

—¿Está ya?... —preguntó el gaucho con su impasibilidad habitual, viendo que tardaba en realizar la operación mencionada más de lo que parecía regular.

—Escoged —replicó don Álvaro, presentándole las dos manos cerradas.

Amaro golpeó la izquierda con el cañón de su pistola.

Exhaló el conde un grito de feroz alegría, y abriendo ambas palmas le mostró una pieza de plata en la derecha.

—¡Encomiéndate a Dios, desgraciado! —añadió sin poder ocultar su gozo—. ¡Vas a espiar tus crímenes; llegó tu última llora!

—Dadme la mano, señor don Álvaro, y ved bien cómo me despacháis, porque todavía no estoy muerto —contestó el gaucho con una sonrisa infernal, sacándose el poncho y desabrochándose la chaqueta, el chaleco y hasta la camisa, para que viese que no llevaba ningún resguardo debajo de ella.

Enseguida tendiole la siniestra mano, que apretó por un movimiento nervioso la de su rival, e invocó en su mente el nombre de Lia.

El conde apoyó la boca de su arma sobre la piel, encima del corazón del gaucho, y gozándose de antemano en su triunfo, con el pretexto de informarse caritativamente si tenía algo que encomendar a su cuidado, se detuvo para examinar el efecto que le ocasionaba la idea de su próximo fin.

Pero aunque Amaró debía sufrir horriblemente, su fisonomía era una máscara de bronce que nada dejaba entrever. Latía su corazón con fuerza; pero no temblaba su mano: contraíanse los músculos de su frente; pero no vacilaban sus piernas: le zumbaban los oídos; pero sus ojos de águila, clavados en los del conde, fijos y sin pestañear, lejos de traducir el miedo, revelaban la ira del valiente a quien llevan a la muerte maniatado...

Don Álvaro no pudo menos de admirarse de su sangre fría y serenidad. El verdugo, favorecido por la fortuna, estaba más conmovido que su víctima.

—¿Tiráis o no? —le preguntó Amaro ya impaciente.

El conde apretó el gatillo, crujió la llave sobre la cazoleta, se incendió la pólvora, mas... ¡no salió el tiro!

—¡Ahora a mí! —gritó el gaucho apretándole la mano que tenía cogida con la suya.

El noble conde, acometido de súbito espanto, inclinó el cuerpo hacia atrás, y procuró desasirse de aquella férrea y vigorosa mano que le tenía enclavado allí como la potente garra de un espíritu maléfico.

Aquel vértigo, aquel estupor, aquella impresión de terror involuntario, pasó como un meteoro; apenas vuelto en sí, don Álvaro se quedó inmóvil, inclinó la frente, y dijo con voz vibrante de indignación y despecho:

—¡¡¡Matadme!!!...

Amaro a su vez apoyó el cañon de su pistola en el pecho de su adversario.

El conde, por más esfuerzos que hacía para disimular su angustia, temblaba de los pies a los cabellos: anchas gotas de sudor le bañaban las fases; los ojos querían escapársele de las órbitas; se comprimían sus dedos; le flaqueaban las rodillas, y su respiración desigual y convulsiva traicionaba el espanto escondido en su pecho.

El gaucho levantó poco a poco el arma homicida, moviendo la cabeza con una amarga sonrisa de desprecio, descargó su pistola en el tronco de una palmera inmediata.

—Podéis marcharos, señor de Itapeby —le dijo, señalándole el camino del campamento—, a menos que queráis recomenzar el combate, añadió con ironía.

Don Álvaro procuraba en vano reanimarse: había confiado más en su valor: él no era ciertamente cobarde; lo había demostrado en cien campos de batalla y en otros lances de honor; pero en aquella ocasión perdió toda su energía. La noche, la soledad, las extrañas condiciones impuestas por Amaro, y las circunstancias que mediaban en aquel duelo singular, le intimidaron desde un principio. Protegido y engallado por la suerte, no estaba preparado para morir cuando sus armas le traicionaron. Con todo, en medio de su turbación, todavía tuvo bastante pundonor para exigir a su enemigo que le tirase.

—Yo no mato a un hombre que está medio muerto —fue la respuesta del valiente guerrillero—; además, detesto esas armas de que os valéis vosotros los de la ciudad. No puedo, no, asesinar a nadie a sangre fría. Para que yo mate a un hombre necesito luchar con él cuerpo a cuerpo, enardecerme con los golpes que dé y con los que reciba, perder la cabeza, en una palabra, y no reflexionar. En uno de esos instantes mataría a mi propio hermano o a mi padre, si los tuviera; pero me desdeño, me avergonzaría de ensañarme con el que inerme me entrega su vida, aunque fuese mi mayor y más odiado enemigo, como lo sois vos, señor conde...

Aquí se detuvo Amaro, esperando que le respondiese, pronto a ofrecer otro duelo a arma blanca a su rival si veía en él indicios de prestarse dignamente a sus deseos; pero se equivocó: en todo pensaba don Álvaro menos en volver a batirse.

—¡Oíd! —continuó el jefe de los montoneros, después de una pausa no muy corta—; puesto que ahora no os place cumplirme vuestra palabra, mañana o pasado se dará una batalla, batalla campal que debe decidir los destinos de este país: pues bien; si queréis lavar la mancha que ha caído hoy sobre vuestro honor, buscadme en medio de la pelea, que yo también os buscaré para pediros cuenta otra vez del agravio que me hicisteis en Paysandú. Adiós señor de Itapeby; hasta mañana.

Anonadado el conde por tanta generosidad, no supo qué responder. Su odio y admiración eran iguales: tentado estuvo de llamar al noble gaucho, estrecharlo en sus brazos y descubrirle su secreto; pero entonces, entonces sería preciso renunciar a Lia, y este sacrificio era superior a sus fuerzas. ¡También él la amaba con delirio!

—¿Qué hacer?... Nada: ¡que me mate o matarle!... —exclamó pasado su primer impulso—; me avergüenzo de deberle dos veces la vida. Dios ha colocado entre nosotros un abismo con el amor de esa mujer, abismo que no puede llenarse sino con la sangre de uno de los dos. Él ha podido deshacerse de mí en dos ocasiones distintas, y no lo ha hecho... ¿Será la voz de la naturaleza quién le habla?... ¡No! le ciega su vanidad... ¡Insensato! Mañana se arrepentirá de su necia hidalguía...

Y costeando el bosque, se encaminó paso a paso al campamento, devorando a solas su vergüenza y desesperación. Por fortuna nadie presenció aquel nuevo oprobio grabado en su corazón con letras de fuego. Él, tan orgulloso y audaz, había temblado delante de Caramurú, que le perdonó por no degradarse matando a un hombre medio muerto, según se explicaba en su rudo lenguaje. Solo el conde comprendía todo el sarcasmo, toda la ignominia envuelta en estas palabras. La venganza magnánima del gaucho sobrepujaba al ultraje que él le había inferido.

XVII. La batalla de Ituzaingó

Al expirar el año de 1825, el Brasil se había visto obligado a declarar la guerra a Buenos Aires, que si no protegía abiertamente a los rebeldes, permitía que se equipasen de armas y se organizasen en sus fronteras y hasta en la misma capital. Las justas quejas y reclamaciones del gabinete imperial eran desatendidas; las notas se cruzaban sin resultado alguno; y después de la batalla de Sarandí, ganada por los patriotas a las órdenes de los generales Rivera y Lavalleja, don Pedro emperador constitucional y defensor perpetuo del Brasil, resolvió confiar a la suerte de las armas lo que no podía alcanzar por las negociaciones diplomáticas.

La lucha intestina que entonces devoraba a las provincias de la confederación, no permitió a Buenos Aires prestar a los orientales todo el apoyo que era necesario para inclinar la balanza a su favor, y la lucha continuó con fortuna varia hasta principios de 1827.

En esa época, como acabamos de indicar en el anterior capítulo, don Pedro, cansado de una guerra que parecía interminable, que diezmaba al Brasil y empobrecía su erario, determinó trasladarse en persona al teatro de los sucesos y ponerse él mismo al frente del numeroso ejército que se estaba organizando en la provincia de Río Grande.

Serias complicaciones en Río de Janeiro le obligaron a volver a la corte y a confiar el mando de sus tropas al marqués de Barbacena, sujeto que gozaba de una alta reputación de consumado militar, sin haberla conquistado en ningún campo de batalla.

La noticia de la llegada de don Pedro a la frontera, produjo en Buenos Aires la más viva sensación; el presidente de la república dirigió una proclama a todos sus habitantes invitándoles a unirse contra el usurpador; incorporándose al ejército que pasó enseguida a la Banda Oriental; el marqués por su parte, al tomar el mando de las tropas imperiales, expidió otra proclama asaz jactanciosa, prometiéndoles que en breves días la bandera del imperio tremolaría victoriosa en la capital de la Confederación Argentina.

Confiaba tanto el marqués en la victoria, que no quiso aguardar un refuerzo de dos mil hombres que venían en su apoyo a las órdenes de Bentos Manoel, caudillo que después se ha hecho célebre, proclamando la república en Río Grande y sosteniendo él solo la guerra por catorce años con dos o tres mil insurgentes, contra todas las fuerzas reunidas de las demás provincias del imperio, que a veces ascendieron hasta veinte mil hombres.

Preciso es confesar, no obstante, que sus tropas eran excelentes, y que tal vez habrían justificado su orgullosa predicción dirigidas por otros jefes y combatiendo con otros hombres que no estuviesen animados del santo amor de la independencia.

Al día siguiente del que tuvo lugar el desafío entre el conde y Amaro, se libró la batalla. En la situación en que estaban colocados ambos ejércitos, queriendo uno de ellos, era casi imposible esquivarla. El retirarse equivalía a una derrota.

En el primer ímpetu, los realistas arrollaron a los patriotas; y aunque se ha dicho que Alvear retrocedió cautelosamente para desalojarlos de las ventajosas posiciones que ocupaban, lo cierto es que rompieron su línea, envolvieron a los nuestros, y los persiguieron largo espacio, ocasionándoles pérdidas muy considerables.

Por fortuna la caballería pudo rehacerse al pie de una colina, y los atacó por el frente y por los flancos; desbandáronse los primeros escuadrones enemigos, remolinearon, volvieron grupas, y fueron a caer sobre su propia infantería. Replegose la nuestra merced a este movimiento, y después de un desesperado combate, que duró seis horas, la victoria se declaró a favor de los patriotas.

Entre tanto Amaro y el conde se buscaban con igual impaciencia y deseo de lavar su común afrenta. Sobre todo el segundo, que anhelaba borrar la nota de cobarde que había caído sobre su honor.

La casualidad, el destino, o más bien la mano oculta de la Providencia, los separaba. Por dos ocasiones se divisaron desde lejos, y llamándose por sus nombres, cerraron espuelas a sus corceles, blandiendo el uno su formidable lanza, cabo de ébano, y el otro su bien templada hoja de Toledo: un tropel de fugitivos se interpuso entre ellos, y la lanza del gaucho, creyendo herir a su rival, se clavó en el pecho de un teniente lusitano, y la espada del conde cayó sobre un morrión de uno de sus propios soldados, partiéndole el cráneo. Luego el tumulto y la confusión, el polvo que levantaban los caballos, la negra atmósfera, producida por la pólvora incendiada, extendían en rededor un azulado velo que se desvanecía y condensaba en lívidas y sangrientas ráfagas al estallar de nuevo los cañones y fusiles. Los combatientes no se veían a cuatro pasos de distancia.

—¡Don Álvaro! —gritaba Amaro con tronador acento, abriéndose camino por entre la apretada muchedumbre con la punta de su lanza, que destilaba sangre hasta la cuja.

—¡Caramurú! —repetía el conde sin oírle, empinándose furioso sobre el arzón de la silla, atropellando y acuchillando cuanto intentaba detenerle...

¡Empeño inútil!... Su voz se perdía en medio del bramido del cañón, el choque de los sables, el estrépito de las balas, y de los gritos; imprecaciones y lamentos que víctimas y verdugos arrojaban en la palestra, y cuando se disipaba por un instante la espesa humareda que los envolvía, ya no se encontraban.

El arrojo y valentía del conde en la ocasión presente contrastaban con su anterior debilidad. Nadie al verle impávido y audaz precipitarse ciegamente en lo más recio de la batalla, y desafiar una y mil veces la muerte, allí donde el peligro era más inminente, nadie hubiera creído que aquel mismo hombre la noche antes había temblado como un niño al sentir sobre su pecho el cañón de una pistola. Pero tal es la condición humana y tan efímeros la mayor parte de las veces los fundamentos del valor. ¡Cuántos que pasan por valientes se baten y sucumben como unos héroes cegados por las impresiones del momento, tiemblan y retroceden ante una muerte tranquila, segura, inevitable! Lo que más afligía a don Álvaro era que su rival le creyese capaz de esquivar el duelo y huir de él; capaz de temerle allí como le había temido en el bosque. A esta idea bramaba de coraje, y hubiera dado con gusto su alma a Satanás a trueque de encontrarle.

Por satisfacer este deseo que le resecaba las entrañas, desde los primeros choques se había separado del batallón que mandaba, roto deshecho largo tiempo hacía. Y era tal su ceguedad, estaba tan dispuesto a cumplir su palabra, que cuando presenció la completa derrota de los suyos, en vez de ponerse en salvo, se bajó tranquilamente del caballo, cogió el sombrero y el poncho de un patriota muerto, se los puso, y fue a colocarse en la senda del camino por donde necesariamente tenía que pasar Amaro persiguiendo a los fugitivos.

Sus cálculos le salieron exactos; a poco apareció el intrépido gaucho, seguido a bastante distancia de algunos montoneros; al parecer, galopaba tras un jefe realista, a quien sin duda equivocaba con él.

Apenas se convenció el conde que el que avanzaba era Amaro y no otro, lanzó su caballo a escape, y le llamó por su nombre, gritándole:

—¡Caramurú, aquí estoy!...

Renunciamos a pintar el transporte de salvaje alegría que barrió el semblante del vengativo gaucho: la pantera que herida de muerte por el cazador consigue abrazarle, hundirle sus garras en el pecho, y ensañarse en su cadáver antes de expirar, no ruge con tanto gozo como Amaro al divisar al conde.

Recogida al punto debajo del brazo, doblose silbando la poderosa lanza en su robusta mano, y enhiesto el cuello, apretados los dientes, entreabiertos los labios, fija y centelleante la mirada, apresurando la rápida carrera de su bridón cual si temiera que se le escapara de nuevo su adversario, fuese derecho a él, cual imantada saeta despedida con violencia y atraída al mismo tiempo por un blanco de acero.

Con idéntico brío, con igual ímpetu y satisfacción arrancó el conde hacia su odiado rival.

No era mucha la distancia que los dividía, y sus caballos volaban; pero en su anhelo por llegar a las manos, se figuraban que había una legua de por medio, y que sus alazanes, rendidos de fatiga, no acertaban ya a galopar.

Por último se encontraron: Amaro revolvió el brazo atrás, y su lanza, describiendo un doble círculo, corrió certera entre sus dedos, recta al corazón de su enemigo.

El conde, que era un excelente tirador de toda clase de armas, la rechazó con su espada, y casi casi se la arranca de las manos. Vuelve Amaro a acometerle otra vez, y vuelve él a desviar los golpes que le dirige. Ataca don Álvaro, y con tal velocidad y destreza, que apenas puede aquel defenderse con la lanza: arrójala enfurecido, y empuña el sable.

Chócanse, rebotan, martillean y crujen los aceros en sus potentes diestras: los dos combaten con encarnizamiento ciegos de ira, sedientos de venganza, mas no consiguen herirse.

De repente da el conde un grito, inclina lentamente la cabeza sobre el cuello del caballo, extiende el brazo, suelta la espada, vacila, pierde los estribos, y cae al suelo.

Ancho raudal de sangre se escapa de su pecho; una traidora lanza lo ha traspasado por detrás de parte a parte.

Amaro indaga con la vista quién ha sido el aleve que se ha atrevido a herirle cuando combatía cuerpo a cuerpo con él; el hierro ensangrentado de uno de sus montoneros le revela al culpable; vase a él, y le tiende a sus pies de una cuchillada,

El desgraciado creyó hacer un servicio importante a su jefe librándole de un enemigo que tan bien se defendía y atacaba.

En seguida se desmonta, examina la herida y mueve la cabeza dolorosamente. ¡La lanza que le ha traspasado estaba envenenada!

El conde no ha perdido el conocimiento, y Amaro trata de disculparse de aquel accidente imprevisto.

—No es necesario que os justifiquéis —le contesta—: todo lo comprendo...

Acuden algunos soldados; el caudillo patriota les confía al conde, y corre a buscar a uno de los cirujanos del ejército: vuelve con él, y hecha la primera cura, ordena que lleven al herido a la casa más próxima que se encuentre.

Don Álvaro le da las gracias con una melancólica sonrisa, que equivale a decir: ¡ya es inútil! le tiende la mano, pronuncia el nombre de don Carlos Niser, y ruega con voz apagada que le conduzcan a su estancia, que dista muy poco del lugar de la batalla. Don Carlos es su pariente inmediato, y antes de morir quiere arreglar sus asuntos, y nombrarle albacea de sus cuantiosos bienes.

Amaro vacila, porque teme que se le atribuya aquella muerte, y se disculpa con pretextos triviales.

El conde adivina su pensamiento, y haciendo un grande esfuerzo para hablar, le tranquiliza diciéndole:

—Os he visto castigar a mi matador; y os conozco bastante para no atribuiros semejante vileza... Es la mano de Dios quien me hiere: nada sabrá Lia.

El generoso gaucho, al ver aquel cambio inesperado, y no sabiendo a qué atribuirlo, se siente también enternecido, y olvida sus agravios. No es ya su antiguo rival; es solo un moribundo quien le implora. Sería una crueldad y una infamia oponerse a sus últimos deseos. En consecuencia, manda colocar al herido en una camilla, y le acompaña en persona hasta cerca de la estancia; vuélvese al campamento y cumpliendo sus postreras instrucciones, expide un chasque a don Nereo para que en el acto se ponga en marcha, por si aun llega a tiempo de recoger el último suspiro de su infeliz hermano...

La necesidad de enumerar, aunque sea incidentalmente, los acontecimientos políticos de alguna importancia, eslabonados con los personajes de nuestra historia, acontecimientos que pueden considerarse como el fondo del cuadro que bosquejamos, como la peana donde descansan sus principales figuras, nos obligan a consignar aquí, en pocas palabras, los resultados de esa gran batalla que decidió una lucha de doce años, y abrió una nueva era para la joven República Oriental.

A consecuencia de ella, don Pedro desesperado de triunfar, y cediendo después de una porfiada resistencia a las bases presentadas por Lord Ponsomby, ministro plenipotenciario de su majestad británica, consintió que sus ministros, en unión con los de Buenos Aires, firmasen en Río de Janeiro el 27 de agosto de 1822, bajo la mediación de la Gran Bretaña, la célebre convención preliminar de paz, que hoy Rosas hace valer como uno de sus títulos para intervenir en nuestros asuntos domésticos.

Ahora solo cumple a nuestro objeto decir que por los artículos primero, segundo y tercero, tanto el Brasil como Buenos Aires, renunciaron solemnemente a todas sus pretensiones de dominio y soberanía sobre el país disputado, «a fin de que se constituyera en Estado libre e independiente de toda y cualquiera nación, bajo la forma de gobierno que juzgase más conveniente a sus intereses, necesidades y recursos, obligándose ambas altas partes contratantes a defender su independencia e integridad, por el tiempo y en el modo que se ajustase en el tratado definitivo de paz».

Así recompensa Dios la fe, la constancia y heroicidad de sus dignos hijos. El 4 de octubre del mismo año fueron canjeadas en Montevideo las ratificaciones de ese pacto de honor y justicia, que habían alcanzado nuestros padres, merced a su indomable arrojo. ¡En aquel día de imperecedera gloria, la más hermosa estrella de las muchas que ostentaba el estandarte imperial, pálida y sin brillo entre ellas, arrancada por la punta de sus lanzas, inundó el horizonte con sus rayos, y las eclipsó a todas, convertida en Sol esplendoroso!

XVIII. Revelaciones

Han pasado ocho días desde que expiró en los campos de Ituzaingó el poder brasileño en la ribera izquierda del Plata.

En una espaciosa alcoba alumbrada por la tenue luz de una lámpara cubierta con una pantalla verde, sobre un lecho de agonía, yace un hombre como de cuarenta años, luchando con los últimos parasismos de la muerte.

Una fiebre devorante hace latir las arterias de sus sienes y comunica un movimiento convulsivo a todos sus miembros; su respiración a intervalos es penosa y apagada; a intervalos estertórea y ronca; su pecho se levanta apresurado; el aire que penetra en él sale convertido en fuego de sus pulmones abrasados; sus ojos brillantes se dilatan o comprimen según la intensidad del dolor; ha perdido el habla, pero a veces la recobra, y entonces pronuncia, o mejor dicho, articula palabras vagas, oscuras, incoherentes, sin sentido alguno.

Acaso una chispa de inteligencia, por instantes, viene como un relámpago a arrojar un destello de luz sobre el caos de sus ideas. ¡En vano!... apenas intenta coordinarlas, el delirio con más fuerza se apodera de su desmayado pensamiento.

No es el terror de su próximo fin lo que le abruma, no: son los fantasmas de su imaginación que no le dejan un momento de reposo; y solo cuando la enervación física o moral llega a su colmo, un letargo momentáneo, efecto de los dos principios de vida y muerte que se disputan su persona, paralizando todas sus facultades sensitivas e intelectuales, da treguas a sus crueles padecimientos.

¡Triste resultado de una vida criminal!

Cerca de la cama, cruzados los brazos, fijos los ojos en el enfermo, con aire meditabundo y preocupado, dos médicos le observan. En su mirada impasible, en sus cejas levemente arqueadas, en la expresión desdeñosa de sus labios, se puede leer sin mucho trabajo la ninguna esperanza que tienen de salvarle.

Al borde del lecho, mirando alternativamente a los médicos, y al moribundo, se ven dos jóvenes que de muy distinto modo manifiestan el dolor que les causa su pérdida.

El primero, dotado de una fisonomía afable, delicada y melancólica, ha tomado una de sus manos, y la besa delirante arrasados los ojos de lágrimas.

Este es don Nereo Abreu de Itapeby, su hermano legítimo.

El segundo, de aspecto varonil y severo, en sus facciones pronunciadas, largos cabellos, luenga barba y formas atléticas, revela al indómito habitante de los campos, al intrépido gaucho criado en medio de los peligros y de los combates, al caudillo de los bosques, acostumbrado a dominar y a vencer en todas partes. Negra nube de tristeza empaña ahora su altivo semblante, y vuelve a menudo la cabeza, como si no quisiera dejar translucir la compasión que lo inspira su enemigo.

Este es Amaro, el aventurero cuya familia y apellido se ignoran y a quien los intrusos llamaban Caramurú, es decir, Satanás.

A poca distancia, sentada sobre un sofá, aquella angelical mujer, bella como la esperanza, graciosa como la primera imagen de amor que cruza por la frente de un adolescente, a quien vimos en el capítulo primero tímida y ruborosa asomar su infantil cabeza al través de los barrotes de su ventana, llorando cubre ahora su rostro con un pañuelo.

Esta es Lia, la prometida esposa de don Álvaro.

Detrás de los médicos, en actitud anhelosa, con manifiestas señales de dolor profundo, un venerable anciano contempla al enfermo. Ardientes lágrimas ruedan hilo a hilo por sus pálidas mejillas.

Este es don Carlos Niser, pariente inmediato del moribundo.

Durante algunos minutos todos permanecieron en silencio. Ninguno tenía fuerzas para hablar: al fin uno de los doctores, después de haber pulsado al enfermo, murmurando entre dientes algunas palabras, que equivalían a un no hay esperanza, se dirigió a la pieza inmediata.

Lia, Amaro, don Nereo, Niser, se echaron una mirada imposible de pintar...

El médico volvió con una redomita de cristal, donde había un licor negro, y derramando algunas gotas en una cuchara de plata, con gran dificultad consiguió introducirlas en la boca del paciente.

A poco rato pareció este reanimarse, e hizo algunos movimientos.

De repente su rostro se animó con un vivo encarnado, abrió los ojos, y con voz lánguida y apagada murmuró:

—¡Nereo, Amaro!

—¡Hermano mío! ¡Señor!... —contestaron ellos acercándose más a la cabecera del lecho.

—Silencio —dijeron los médicos—; silencio: cualquiera emoción demasiado fuerte lo matará.

Los jóvenes enmudecieron; pero el enfermo, presa de su delirio, animado de súbita energía, incorporose velozmente en el lecho, y gritó abriéndole sus brazos al gaucho:

—Amaro, perdóname; ¡tú eres mi hermano!

Volviéronse todos atónitos cual si dudasen de lo que oían, interrogando a don Nereo con la vista, y su sorpresa se aumentó al notar que este afirmaba con la cabeza lo que decía el moribundo.

—Mi padre —continuó don Álvaro—, en un viaje que hizo a este país en 1798, ya casado, sedujo a una joven de una de las familias más distinguidas de Paysandú, a una hermana del que era no ha mucho comandante general de aquel departamento...

—¡Luisa Floridan! —exclamó don Carlos—, ¡infeliz! He ahí la causa de su misteriosa desaparición.

—Su orgulloso hermano la confinó a la misma estancia de donde fue robada Lia; allí dio a luz un niño y murió de dolor y vergüenza a los pocos días, dejando escrita una carta para mi padre.

Dos lágrimas de fuego surcaron lentamente el rostro del gaucho. Nunca había conocido a su infortunada madre.

Don Álvaro se detuvo un momento como para coordinar sus ideas, suplicáronle los médicos que aplazase sus revelaciones para otra ocasión; pero él se sonrió con amargura, y los rechazó, diciéndoles:

—Dejadme en paz, ¡imbéciles! conozco que mi última hora se acerca, y antes de morir quiero expiar el mal que he hecho.

Cogió una mano al gaucho que le escuchaba atónito, y continuó de esta manera:

—En aquella estancia viviste, Amaro, confundido con los hijos de los peones, hasta que un antiguo y fiel criado de mi padre te robó de ella y te llevó a una de nuestras posesiones, sita en la provincia de Río Grande: entonces tenías tú seis años, y pudo conocerte por una cruz que te había hecho tu madre en el brazo izquierdo, con el zumo indeleble de esas raíces con que los indios se tiñen el cuerpo.

—Sí, aquí está —repitió Amaro volviendo la manga de su vesta, y mostrando a los circunstantes sorprendidos aquella señal misteriosa—; sí, miradla: aquí está.

—Diez años después, mi padre cayó gravemente enfermo, hizo su testamento, y en sus últimos instantes nos llamó a Nereo y a mí, y nos dijo: «Vosotros dos sois únicamente mis hijos legítimos; pero tengo otro, a quien no he querido ver nunca. Engañé a su madre como un vil con palabra de casamiento, y he sido causa de su muerte. En estas largas noches de angustia y agonía, los remordimientos se han despertado en mi alma punzantes y devoradores, y no he podido menos de reconocerle como hijo, y dejarle toda la parte de fortuna de que las leyes me permiten disponer. Juradme que acataréis mi última voluntad, y os conduciréis con él como verdaderos hermanos...».

Aquí don Álvaro inclinó la frente agobiado por el peso de sus propios remordimientos; su situación era idéntica a la del autor de sus días.

—Nosotros —añadió con voz lenta y agitada—, nosotros se lo prometimos solemnemente; pero ¡ay! apenas cerró sus ojos a la luz, la vil codicia se apoderó de mi alma; arrojé el testamento al fuego, y amenacé a mi hermano, tímido y débil, y acostumbrado desde su niñez a plegarse a todos mis caprichos, que le mataría en el momento que llegase a descubrir nuestro secreto...

—¡Por piedad, calla, calla! —exclamó don Nereo, poniéndole la mano sobre los labios.

—No es esto todo —repuso el conde exaltándose a medida que hablaba, y dejando traslucir el desquicio completo de su razón—; cuatro asesinos partieron a Río Grande para matarte, Amaro; junto con el antiguo y fiel servidor de mi padre. Por fortuna no estabas allí, y solo éste sucumbió.

Un grito de horror se escapó de la boca de todos los circunstantes. El conde mismo, horrorizado de su crimen, escondió la cabeza entre las manos.

—Perdónale, Amaro —dijo don Nereo echándose a sus pies—; ¡perdónale!... Si él te ha robado nombre y fortuna, si ha atentado contra tu vida; si te ha perseguido luego, yo he velado por ti secretamente, hasta que te perdí de vista hace algunos años.

—¡Dios mío! ¡Dios mío! —murmuró el conde, estirándose y revolviéndose en el mullido lecho—; ¡me abrasa las entrañas el veneno del hierro que me ha herido! ¡Dadme agua, agua que me muero de sed!...

Y era espantosa su agonía.

El recuerdo de su vida pasada, la idea tremenda de la eternidad, la memoria de su padre moribundo y de su fiel servidor cayendo acribillado a balazos, sin querer descubrir el paradero de Amaro, le hacían entrever mil espectros y visiones horrorosas, que le amenazaban con látigos de fuego.

—¡Salvadme!... ¡Salvadme!... —decía—: ahí están... ahí... junto a mí... ¿no los veis?... ¡Ah!

Y con el cabello erizado, la frente cubierta de un sudor frío, los ojos desencajados, entreabierta la boca y agitando las manos alrededor de su cabeza, como para alejar los fantasmas que lo perseguían, exhalaba aullidos de desesperación, imprecaciones y blasfemias que hacían estremecer de horror a la cándida cuanto afligida Lia que se acercaba maquinalmente a su padre, y le arrastraba del brazo para que se la llevase fuera.

Es preciso haber visto morir a un hombre desesperado para formarse idea de esta escena horrorosa...

De pronto quedose inmóvil; un ¡ay! estertóreo se escapó de su pecho; sus dientes rechinaron como si una lima pasara por entre ellos; su mirada fija, fulgurante, se clavó en la pobre niña que lo contemplaba aterrada orando en voz baja por su salvación: al encontrarse sus miradas, el conde cerró los ojos, y dando un fuerte sacudimiento, sus miembros se dilataron extraordinariamente.

Todos creyeron que había muerto; pero no había muerto, no; era que Dios se compadecía del desgraciado, y el ángel de su guarda cernía su vuelo sobre él, atraído por las plegarias de la virgen pura e inocente.

El sincero arrepentimiento del conde colmó la medida de la eterna justicia; disipáronse poco a poco sus atroces dolores; y la razón volvió a su mente extraviada. Así la bondad inmensa del Señor de cielos y Tierra castiga en un minuto siglos de extravíos.

Dulcísimas preces, pronunciadas más que con los labios con el alma, sucediéronse a sus desesperados tormentos: inefable quietud inundó todo su ser, y la luz de la esperanza, la radiación del espíritu divino que descendía sobre su frente, rodearon al moribundo con una aureola de celeste beatitud...

Incorporose por vez última en su lecho: llamó a Lia y a Amaro, y uniendo sus diestras, les dijo con ese acento solemne, lleno de unción y majestad, eco del alma que solo vibra en los que ya no pertenecen al mundo:

—Sed felices, y Dios bendiga vuestra unión, Amaro, hazla muy dichosa: Lia, quiérele mucho... Toda mi fortuna es vuestra... Así lo dispongo en mi testamento... Hermano mío, Lia, ¿me perdonáis ahora?...

—¡Sí —contestó Amaro sin permitirle terminar la frase y estrechándole con transporte entre sus brazos—; sí, hermano mío; sí, y vive para coronar nuestra felicidad!...

Hubiérase dicho que solo aguardaba este perdón el moribundo para romper el débil lazo que le ligaba a la Tierra; tendió a Lia la siniestra mano; estrechó con la diestra la de Amaro, inclinó el cuello sobre su hombro, y en el mismo momento en que el Sol tocaba en su ocaso, la tarde del 28 de febrero de 1827 volaba ante el tribunal de Dios el alma del que fue en el mundo don Álvaro María de Abreu, noveno conde de Itapeby.

XIX. Epílogo

Amaro, reconocido como hijo del conde de Itapeby y nombrado por el gobierno provisorio general efectivo en recompensa de sus eminentes servicios, pasó a la capital, y se unió a Lia seis meses después...

No intentaremos profanar su ventura queriendo describirla. Dichosos cuanto es posible serlo en este miserable globo sublunar, diremos únicamente que si la felicidad existe, ellos la encontraron en la Tierra sin duda.

Rodeado del prestigio y consideración que da la gloria legítimamente conquistada; respetado, querido y admirado de sus conciudadanos, amado de una mujer joven, bella, de talento, y dueño de una fortuna pingüe, ¿qué más podía pedirle a Dios?... Sí en eso no consiste la felicidad, es sin disputa a todo lo que nos es dado aspirar razonablemente.

Por nuestra parte, deseamos a nuestras lectoras un marido tan apasionado, tan noble y tan digno de ser querido como Amaro, y a nuestros lectores una compañera tan bella, tan pura como Lia, y no añadimos tan rica, porque eso se sobreentiende, viviendo, en un siglo tan prosaico y calculador como el nuestro.

En cambio de estos buenos deseos, al deciros adiós, caros leyentes, solo nos atrevemos a pediros una buena dosis de indulgencia para todo lo que no os haya agradado en el curso de nuestra historia. Si en esta ocasión no hemos acertado a complaceros dignamente, tal vez en otra lo alcanzaremos. Por eso el autor confía en vuestra benevolencia.

Fin

Libros a la carta

A la carta es un servicio especializado para
empresas,
librerías,
bibliotecas,
editoriales
y centros de enseñanza;
y permite confeccionar libros que, por su formato y con-
cepción, sirven a los propósitos más específicos de estas ins-
tituciones.

Las empresas nos encargan ediciones personalizadas para
marketing editorial o para regalos institucionales. Y los in-
teresados solicitan, a título personal, ediciones antiguas, o
no disponibles en el mercado; y las acompañan con notas y
comentarios críticos.

Las ediciones tienen como apoyo un libro de estilo con
todo tipo de referencias sobre los criterios de tratamiento ti-
pográfico aplicados a nuestros libros que puede ser consulta-
do en Linkgua-ediciones.com.

Linkgua edita por encargo diferentes versiones de una
misma obra con distintos tratamientos ortotipográficos (ac-
tualizaciones de carácter divulgativo de un clásico, o versiones estrictamente fieles a la edición original de referencia).

Este servicio de ediciones a la carta le permitirá, si usted
se dedica a la enseñanza, tener una forma de hacer pública
su interpretación de un texto y, sobre una versión digitaliza-
da «base», usted podrá introducir interpretaciones del texto
fuente. Es un tópico que los profesores denuncien en clase
los desmanes de una edición, o vayan comentando errores de
interpretación de un texto y esta es una solución útil a esa
necesidad del mundo académico.

Asimismo publicamos de manera sistemática, en un mismo catálogo, tesis doctorales y actas de congresos académicos, que son distribuidas a través de nuestra Web.

El servicio de «libros a la carta» funciona de dos formas.

1. Tenemos un fondo de libros digitalizados que usted puede personalizar en tiradas de al menos cinco ejemplares. Estas personalizaciones pueden ser de todo tipo: añadir notas de clase para uso de un grupo de estudiantes, introducir logos corporativos para uso con fines de marketing empresarial, etc. etc.

2. Buscamos libros descatalogados de otras editoriales y los reeditamos en tiradas cortas a petición de un cliente.